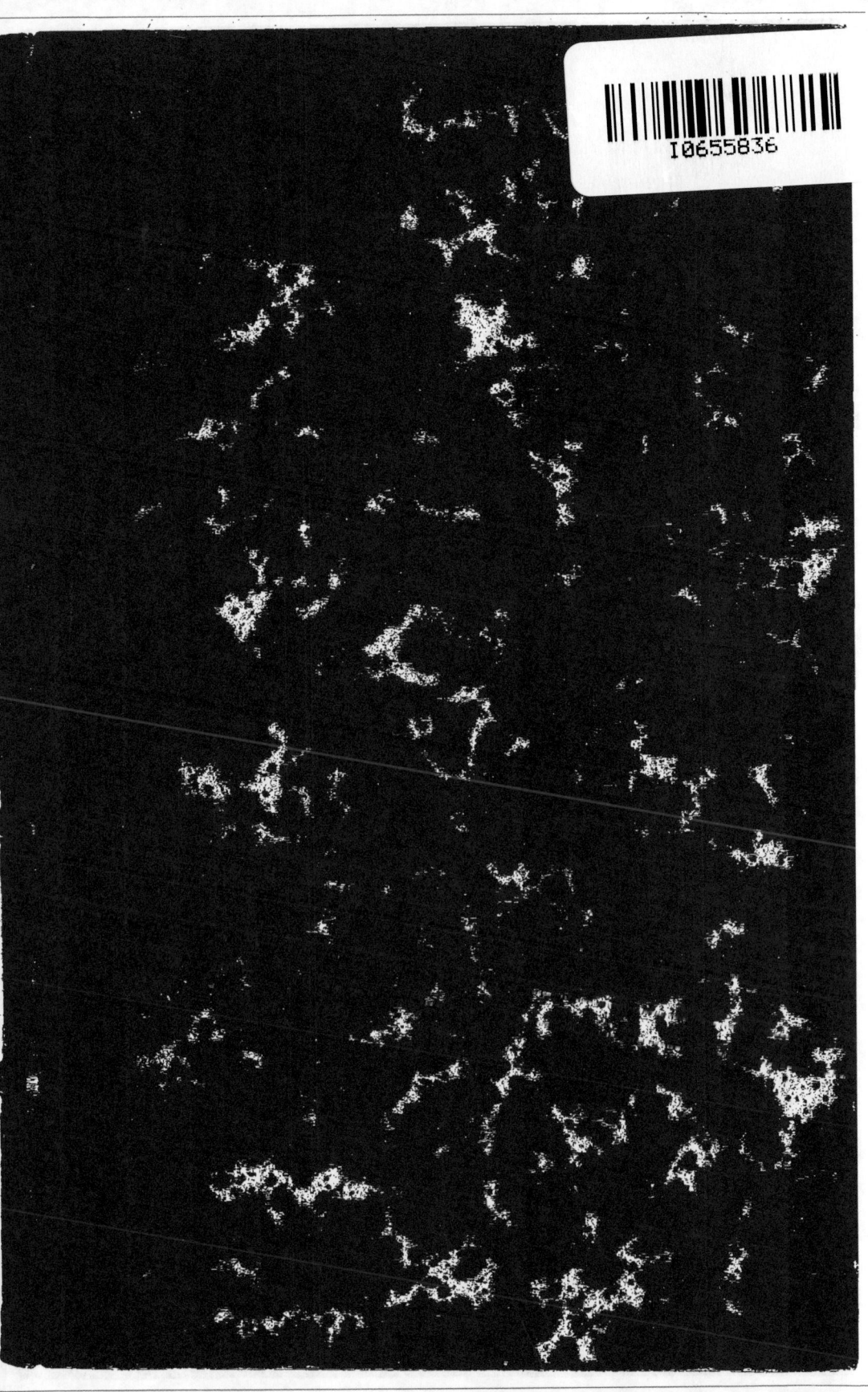

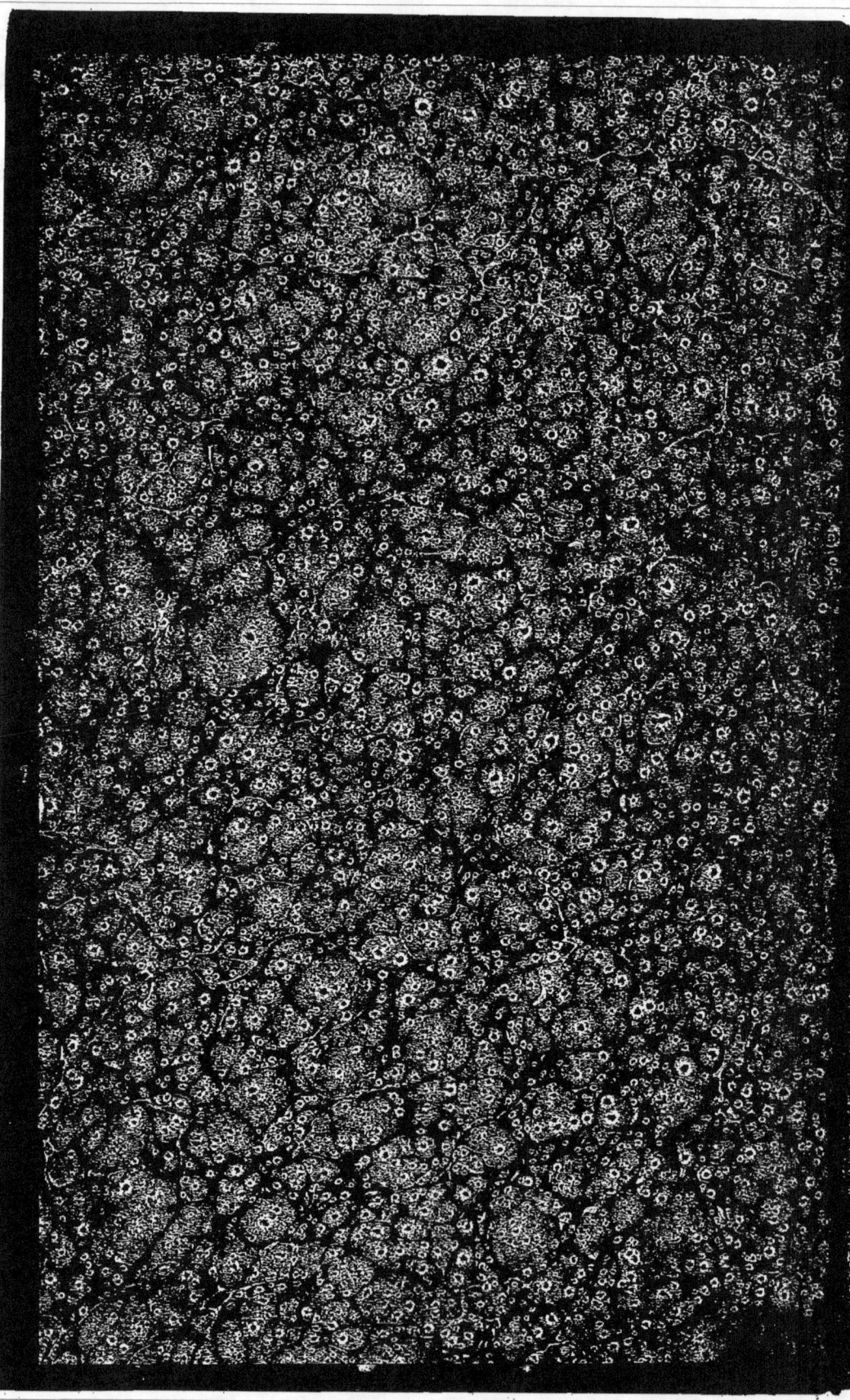

C.

CONSUELO.

OUVRAGES
SOUS PRESSE.

SOUVENIRS INTIMES DU COMTE DE MESNARD, premier
écuyer de la duchesse de Berry, recueillis et publiés par madame
Mélanie Waldor, 2 vol. in-8.

L'ENFANT SANS MÈRE, par S. Henry Berthoud, 2 v. in-8.

VERGNIAUD, roman historique, par Touchard-Lafosse, 2 vol. in-8.

LE YACHT DU DIABLE, par Jules David, 2 vol. in-8.

LES DEUX AMOURS, par Émile Bigillion de Grenoble, 2 v. in-8.

LES AVENTURES DE KOURROGLOU, LE FILS DE
L'AVEUGLE, par George Sand. 2 vol. in-8.

UN SECRET DANS LE MARIAGE, par madame Sophie Panier,
auteur de l'Athée, du Prêtre, etc., etc. 2 vol. in-8.

LA POULE AUX OEUFS D'OR, par Jules Lacroix, 2 vol. in-8.

LA VIPÈRE, par le même, 2 vol. in-8.

LA PLUS HEUREUSE FEMME DU MONDE, par madame Char-
lotte de Sor, 2 vol. in-8.

LE HUSSARD DE LA MORT, par P. L. Jacob, 2 vol. in-8.

LE QUARTIER DES JUIFS, par le même, 2 vol. in-8.

UN MARI, par Madame la comtesse Dash, 2 vol. in-8.

MAURICE ROBERT, par la même.

LE CAPITAINE SPARTACUS, par Paul Feval, 2 vol. in-8.

LAGNY. — Imprimerie de Giroux et Vialat.

CONSUELO

PAR

GEORGE SAND.

Tome Sixième.

PARIS,

L. DE POTTER, LIBRAIRE-ÉDITEUR,

Acquéreur du Cabinet de lecture, Collection universelle des meilleurs romans modernes,
1500 volumes in-12. Prix : 1000 fr.

Rue Saint-Jacques, 38.

1843.

CONSUELO

par

GEORGE SAND

Tome cinquième

PARIS

L. DE POTTER, LIBRAIRE-ÉDITEUR,

Rue Saint-Jacques, 29.

1845.

1

M. le chanoine était l'homme le plus commodément établi qu'il y eût au monde. Dès
l'âge de sept ans, grâce aux protections roya-
les qui ne lui avaient pas manqué , il avait
été déclaré en âge de raison, conformément
aux canons de l'Église , lesquels admettaient

que si l'on n'a pas beaucoup de raison à cet
âge, on est du moins capable d'en avoir vir-
tuellement assez pour recueillir et consom-
mer les fruits d'un bénéfice. En conséquence
de cette décision le jeune tonsuré avait été
investi du canonicat , bien qu'il fût bâtard
d'un roi ; toujours en vertu des canons de
l'Église , qui acceptaient par présomption la
légitimité d'un enfant présenté aux bénéfices et patronné par des souverains, bien que
d'autre part les mêmes arrêts canoniques
exigeassent que tout prétendant aux biens
ecclésiastiques fût issu de bon et légitime
mariage, à défaut de quoi on pouvait le déclarer *incapable*, voire *indigne* et *infâme* au
besoin. Mais il est avec le ciel tant d'accom-
modements, que , dans de certaines circonstances, le droit canonique établissait qu'un
enfant trouvé peut être regardé comme légitime, par la raison, d'ailleurs fort chrétienne,

que dans les cas de parenté mystérieuse on
doit supposer le bien plutôt que le mal. Le
petit chanoine était donc entré en possession
d'une superbe prébende, à titre de chanoine
majeur ; et, arrivé vers sa cinquantième année, à une quarantaine d'années de services
prétendus effectifs dans le chapitre, il était
désormais reconnu chanoine jubilaire, c'est-
à-dire chanoine en retraite, libre de résider
où bon lui semblait, et de ne plus remplir
aucune fonction capitulaire, tout en jouis-
sant pleinement des avantages, revenus et
privilèges de son canonicat. Il est vrai que le
digne chanoine avait rendu de bien grands
services au chapitre dès ses jeunes années.
Il s'était fait déclarer *absent*, ce qui, aux termes du droit canonique, signifie une permis-
sion de résider loin du chapitre, en vertu de
divers prétextes plus ou moins spécieux,
sans perdre les fruits du bénéfice attaché à

l'exercice effectif. Le cas de peste dans une résidence est un cas d'*absence* admissible. Il y a aussi des raisons de santé délicate ou délabrée qui motivent l'*absence*. Mais le plus honorable et le plus assuré des droits d'absence était celui qui avait pour motif le cas d'études. On entreprenait et on annonçait un gros ouvrage sur les cas de conscience, sur les Pères de l'Église, sur les sacrements, ou, mieux encore, sur la constitution du chapitre auquel on appartenait, sur les principes de sa fondation, sur les avantages honorifiques et manuels qui s'y rattachaient, sur les prétentions qu'on pouvait faire valoir à l'encontre d'autres chapitres, sur un procès qu'on avait ou qu'on voulait avoir contre une communauté rivale à propos d'une terre, d'un droit de patronnage, ou d'une maison bénéficiale ; et ces sortes de subtilités chicanières et financières, étant beaucoup plus

intéressantes pour les corps ecclésiastiques
que les commentaires sur la doctrine et les
éclaircissements sur le dogme, pour peu
qu'un membre distingué du chapitre propo-
sât de faire des recherches, de compulser
des parchemins, de griffonner des mémoires
de procédure, des réclamations, voire des
libelles contre de riches adversaires, on lui
accordait le lucratif et agréable droit de rentrer dans la vie privée et de manger son re-
venu soit en voyages, soit dans sa maison bénéficiale, au coin de son feu. Ainsi faisait
notre chanoine.

Homme d'esprit, beau diseur, écrivain
élégant, il avait promis, il se promettait, et
il devait promettre toute sa vie de faire un
livre sur les droits, immunités et privilèges
de son chapitre. Entouré d'*in-quarto* pou-
dreux qu'il n'avait jamais ouverts, il n'avait
pas fait le sien, il ne le faisait pas, il ne de-

vait jamais le faire. Les deux secrétaires
qu'il avait engagés aux frais du chapitre
étaient occupés à parfumer sa personne et à
préparer son repas. On parlait beaucoup du
fameux livre ; on l'attendait, on bâtissait
sur la puissance de ses arguments mille rêves de gloire, de vengeance et d'argent. Ce
livre, qui n'existait pas, avait déjà fait à son
auteur une réputation de persévérance, d'é-
rudition et d'éloquence, dont il n'était pas
pressé de fournir la preuve ; non qu'il fût
incapable de justifier l'opinion favorable de
ses confrères, mais parce que la vie est
courte, les repas longs, la toilette indispen-
sable, et le *far-niente* délicieux. Et puis notre
chanoine avait deux passions innocentes
mais insatiables : il aimait l'horticulture et
la musique. Avec tant d'affaires et d'occupa-
tions, où eût-il trouvé le temps de faire son
livre? Enfin, il est si doux de parler d'un li-

vre qu'on ne fait pas, et si désagréable au contraire d'entendre parler de celui qu'on a fait !

Le bénéfice de ce saint personnage consistait en une terre d'un bon rapport, annexée au prieuré sécularisé où il vivait huit à neuf mois de l'année, adonné à la culture de ses fleurs et à celle de son estomac. L'habitation était spacieuse et romantique. Il l'avait rendue confortable et même luxueuse. Abandonnant à une lente destruction le corps de logis qu'avaient habité les anciens moines, il entretenait avec soin et ornait avec goût la partie la plus favorable à ses habitudes de bien-être. De nouvelles distributions avaient fait de l'antique monastère un vrai petit château où il menait une vie de gentilhomme. C'était un excellent naturel d'homme d'église : tolérant, bel esprit au besoin, orthodoxe et disert avec ceux de son état, enjoué,

anecdotique et facile avec ceux du monde,
affable, cordial et généreux avec les artistes. Ses domestiques, participant à la
bonne vie qu'il savait se faire, l'aidaient de
tout leur pouvoir. Sa gouvernante était un
peu tracassière, mais elle lui faisait de si
bonnes confitures, et s'entendait si bien à
conserver ses fruits, qu'il supportait sa méchante humeur, et soutenait l'orage avec
calme, se disant qu'un homme doit savoir
supporter les défauts d'autrui, mais qu'il ne
peut se passer de beau dessert et de bon
café.

Nos jeunes artistes furent accueillis par
lui avec la plus grâcieuse bonhomie. — Vous
êtes des enfants pleins d'esprit et d'inven-
tion, leur dit-il, et je vous aime de tout mon
cœur. De plus, vous avez infiniment de talent ; et il y a un de vous deux, je ne sais
plus lequel, qui possède la voix la plus

douce, la plus sympathique, la plus émou-
vante que j'aie entendue de ma vie. Cette
voix-là est un prodige, un trésor ; et j'étais
tout triste, ce soir, de vous avoir vu partir
si brusquement de chez le curé, en songeant
que je ne vous retrouverais peut-être jamais,
que je ne vous entendrais plus. Vrai ! je n'a-
vais pas d'appétit, j'étais sombre, préoccupé... Cette belle voix et cette belle musique ne me sortaient pas de l'âme et de l'o-
reille. Mais la Providence, qui me veut du
bien, vous ramène vers moi, et peut-être
aussi votre bon cœur, mes enfants; car vous
aurez deviné que j'avais su vous comprendre et vous apprécier...

— Nous sommes forcés d'avouer, monsieur le chanoine, répondit Joseph, que le
hasard seul nous a conduits ici, et que nous
étions loin de compter sur cette bonne fortune.

— La bonne fortune est pour moi, reprit l'aimable chanoine ; et vous allez me chanter... Mais non, ce serait trop d'égoïsme de ma part ; vous êtes fatigués, à jeun peut-être... Vous allez souper d'abord, puis passer une bonne nuit dans ma maison, et demain nous ferons de la musique ; oh ! de la musique toute la journée ! André, vous allez mener ces jeunes gens à l'office, et vous en aurez le plus grand soin... Mais non, qu'ils restent ; mettez-leur deux couverts au bout de ma table, et qu'ils soupent avec moi.

André obéit avec empressement, et même avec une sorte de satisfaction bienveillante. Mais dame Brigide montra des dispositions tout opposées ; elle hocha la tête, haussa les épaules, et grommela entre ses dents : — Voilà des gens bien propres pour manger sur votre nappe, et une singulière société pour un homme de votre rang !

— Taisez-vous, Brigide, répondit le chanoine avec calme. Vous n'êtes jamais contente de rien ni de personne ; et dès que vous voyez les autres prendre un petit plaisir, vous entrez en fureur.

— Vous ne savez quoi imaginer pour passer le temps, reprit-elle sans tenir compte des reproches qui lui étaient adressés. Avec des flatteries, des sornettes et des flons-flons, on vous mènerait comme un petit enfant !

— Taisez-vous donc, dit le chanoine en élevant un peu le ton, mais sans perdre son sourire enjoué ; vous avez la voix aigre comme une crécelle, et si vous continuez à gronder, vous allez perdre la tête et manquer mon café.

— Beau plaisir ! et grand honneur, en vérité, dit la vieille, que de préparer le café à de pareils hôtes !

— Oh ! il vous faut de hauts personnages à

vous! vous aimez la grandeur ; vous ne vou-
driez traiter que des évêques, des princes et
des chanoinesses à seize quartiers ! Tout cela
ne vaut pas pour moi un couplet de chanson
bien dit.

Consuelo écoutait avec étonnement ce personnage d'une apparence si noble se dispu-
ter avec sa bonne avec une sorte de plaisir
enfantin ; et, pendant tout le souper, elle s'é-
merveilla de la puérilité de ses préoccupa-
tions. A propos de tout, il disait une foule de
riens pour passer le temps et pour se tenir
en belle humeur. Il interpellait ses domestiques à chaque instant, tantôt discutant sérieusement la sauce d'un poisson, tantôt
s'inquiétant de la confection d'un meuble,
donnant des ordres contradictoires, interrogeant son monde sur les détails les plus oi-
seux de son ménage, réfléchissant sur ces
misères avec une solennité digne de sujets

sérieux, écoutant l'un, reprenant l'autre,
tenant tête à dame Brigide qui le contredi-
sait sur toutes choses, et ne manquant jamais de mettre quelque mot plaisant dans
ses questions et dans ses réponses. On eût
dit que, réduit par l'isolement et la noncha-
lance de sa vie à la société de ses domestiques, il cherchait à tenir son esprit en haleine, et à faciliter l'œuvre de sa digestion
par un exercice hygiénique de la pensée
point trop grave et point trop léger.

Le souper fut exquis et d'une abondance
inouïe. A l'entremets, le cuisinier fut appelé
devant M. le chanoine, et affectueusement
loué par lui pour la confection de certains
plats, doucement réprimandé, et doctement
enseigné à propos de certains autres qui n'a-
vaient pas atteint le dernier degré de perfection. Les deux voyageurs tombaient des
nues, et se regardaient l'un l'autre, croyant

faire un rêve facétieux, tant ces raffinements
leur semblaient incompréhensibles. Allons!
allons! ce n'est pas mal, dit le bon chanoine
en congédiant l'artiste culinaire; je ferai
quelque chose de toi, si tu as de la bonne volonté, et si tu continues à aimer ton devoir.

— Ne semblerait-il pas, pensa Consuelo,
qu'il s'agit d'un enseignement paternel, ou
d'une exhortation religieuse?

Au dessert, après que le chanoine eut
donné aussi à la gouvernante sa part d'éloges et d'avertissements, il oublia enfin ces
graves questions pour parler musique, et il
se montra sous un meilleur jour à ses jeunes
hôtes. Il avait une bonne instruction musicale, un fonds d'études solides, des idées jus-
tes et un goût éclairé. Il était assez bon or-
ganiste; et, s'étant mis au clavecin après le
dîner, il leur fit entendre des fragments de
plusieurs vieux maîtres allemands, qu'il

jouait avec beaucoup de pureté et selon les
bonnes traditions du temps passé. Cette audition ne fut pas sans intérêt pour Consuelo ;
et bientôt, ayant trouvé sur le clavecin un
gros livre de cette ancienne musique, elle se
mit à le feuilleter et à oublier la fatigue et
l'heure qui s'avançait, pour demander au
chanoine de lui jouer, avec sa bonne manière nette et large, plusieurs morceaux qui
avaient frappé son esprit et ses yeux. Le chanoine trouva un plaisir extrême à être ainsi
écouté. La musique qu'il connaissait n'étant
plus guère de mode, il ne trouvait pas souvent d'amateurs selon son cœur. Il se prit
donc d'une affection extraordinaire pour
Consuelo particulièrement , Joseph, accablé
de lassitude, s'étant assoupi sur un grand
fauteuil perfidement délicieux. — Vraiment !
s'écria le chanoine dans un moment d'enthousiasme, tu es un enfant heureusement

doué, et ton jugement précoce annonce un
avenir extraordinaire. Voici la première
fois de ma vie que je regrette le célibat que
m'impose ma profession. — Ce compliment
fit rougir et trembler Consuelo, qui se crut
reconnue pour une femme ; mais elle se remit bien vite, lorsque le chanoine ajouta
naïvement : — Oui, je regrette de n'avoir
pas d'enfants, car le ciel m'eût peut-être
donné un fils tel que toi, et c'eût été le bonheur de ma vie... quand même Brigide eût
été la mère. Mais dis-moi, mon ami, que
penses-tu de ce Sébastien Bach dont les compositions fanatisent les savants d'aujourd'hui ?
Crois-tu aussi que ce soit un génie prodigieux ? J'ai là un gros livre de ses œuvres que
j'ai rassemblé et fait relier, parce qu'il faut
avoir de tout... Et puis, c'est peut-être beau
en effet... Mais c'est d'une difficulté extrême
à lire, et je t'avoue que le premier essai

m'ayant rebuté, j'ai eu la paresse de ne pas
m'y remettre... D'ailleurs, j'ai si peu de
temps à moi ! Je ne fais de musique que dans
de rares instants, dérobés à des soins plus
sérieux... De ce que tu m'as vu très occupé
de la gouverne de mon petit ménage, il ne
faut pas conclure que je sois un homme libre
et heureux. Je suis esclave, au contraire,
d'un travail énorme, effrayant, que je me
suis imposé. Je fais un livre auquel je travaille depuis trente ans, et qu'un autre n'eût
pas fait en soixante ; un livre qui demande
des études incroyables, des veilles, une patience à toute épreuve et les plus profondes
réflexions. Aussi je pense que ce livre-là fera
quelque bruit !

— Mais il est bientôt fini ? demanda Consuelo.

— Pas encore, pas encore ! répondit le
chanoine désireux de se dissimuler lui-

même qu'il ne l'avait pas commencé. Nous disions donc que la musique de ce Bach est terriblement difficile, et que, quant à moi, elle me semble bizarre.

— Je pense cependant que si vous surmontiez votre répugnance, vous en viendrez à penser que c'est un génie qui embrasse, résume et vivifie toute la science du passé et du présent.

— Eh bien! reprit le chanoine, s'il est ainsi, nous essaierons demain à nous trois d'en déchiffrer quelque chose. Voici l'heure pour vous de prendre du repos, et pour moi de me livrer à l'étude. Mais demain vous passerez la journée chez moi, c'est entendu, n'est-ce pas?

— La journée, c'est beaucoup dire, Monsieur; nous devons nous presser d'arriver à Vienne; mais dans la matinée nous serons à vos ordres.

Le chanoine se récria , insista, et Consuelo feignit de céder, se promettant de
presser un peu les adagios du grand Bach,
et de quitter le prieuré vers onze heues ou
midi. Quand il fut question d'aller dormir,
une vive discussion s'engagea sur l'escalier
entre dame Brigide et le premier valet de
chambre. Le zélé Joseph, empréssé de complaire à son maître, avait préparé pour les
jeunes musiciens deux jolies cellules situées
dans le bâtiment fraîchement restauré qu'oc-
cupaient, le chanoine et sa suite. Brigide, au-
contraire, s'obstinait à les envoyer coucher
dans les cellules abandonnées du vieux
prieuré, parce que ce corps de logis était sé-
paré du nouveau par de bonnes portes et de
solides verrous. — Quoi! disait-elle en élevant sa voix aigre dans l'escalier sonore, vous
prétendez loger ces vagabonds porte à porte
avec nous! Et ne voyez-vous pas à leur mine,

à leur tenue et à leur profession, que ce sont des bohémiens, des coureurs d'aventures, de méchants petits bandits qui se sauveront d'ici avant le jour en nous emportant notre vaisselle plate ? Qui sait s'ils ne nous assassineront pas ? — Nous assassiner ! ces enfants-là ! reprenait Joseph en riant : vous êtes folle, Brigide ; toute vieille et cassée que vous voilà, vous les mettriez encore en fuite, rien qu'en leur montrant les dents.

— Vieux et cassé vous-même, entendez-vous ! criait la vieille avec fureur. Je vous dis qu'ils ne coucheront pas ici, je ne le veux pas. Oui-dà ! je ne fermerais pas l'œil de tonte la nuit !

— Vous auriez grand tort ; je suis bien sûr que ces enfants n'ont pas plus envie que moi de troubler votre respectable sommeil. Allons, finissons ! Monsieur le chanoine m'a ordonné de bien traiter ses hôtes, et je n'irai pas les fourrer dans cette masure pleine de rats et ouverte à tous les vents. Voudriez-vous les faire coucher sur le carreau ?

— Je leur y ai fait dresser par le jardinier deux bons lits de sangle ; croyez-vous que ces va-nu-pieds soient habitués à des lits de duvet ?

— Ils en auront pourtant cette nuit, parce que Monsieur le veut ainsi ; je ne connais que les ordres de Monsieur, dame Brigide ! Laissez-moi faire mon devoir, et songez que le vôtre comme le mien est d'obéir et non de commander.

— Bien parlé, Joseph ! dit le chanoine qui, de la porte entr'ouverte de l'antichambre, avait écouté en riant toute la dispute. Allez me préparer mes pantoufles, Brigide, et ne nous rompez plus la tête. A revoir, mes petits amis ! Suivez Joseph, et dormez bien. Vive

da musique, vive la belle journée de demain.

Après que nos voyageurs eurent pris possession de leurs jolies cellules, ils entendirent
encore longtemps gronder au loin la gouvernante, comme la bise d'hiver sifflant dans les
corridors. Quand le mouvement qui annonçait le coucher solennel du chanoine eut cessé
entièrement, dame Brigide vint sur la pointe
du pied à la porte de ses jeunes hôtes, et
donna lestement un tour de clef à chaque
serrure pour les enfermer. Joseph, plongé
dans le meilleur lit qu'il eût rencontré de sa
vie, dormait déjà profondément, et Consuelo
en fit autant de son côté, après avoir ri de
bon cœur en elle-même des terreurs de Brigide. Elle qui avait tremblé presque toutes
les nuits durant son voyage, elle faisait trembler à son tour. Elle eût pu s'appliquer la
fable du lièvre et des grenouilles; mais il me

serait impossible de vous affirmer que Consuelo connût les fables de La Fontaine. Leur
mérite était contesté à cette époque par les
plus beaux esprits de l'univers : Voltaire
s'en moquait, et le grand Frédéric, pour
singer son philosophe, les méprisait profondément.

2

Au jour naissant, Consuelo, voyant le soleil briller, et se sentant invitée à la promenade par les joyeux gazouillements de mille
oiseaux qui faisaient déjà chère lie dans le
jardin, essaya de sortir de sa chambre; mais
la consigne n'était pas encore levée, et dame

Brigide tenait toujours ses prisonniers sous
clef. Consuelo pensa que c'était peut-être
une idée ingénieuse du chanoine, qui, voulant assurer les jouissances musicales de sa
journée, avait jugé bon de s'assurer avant
tout de la personne des musiciens. La jeune
fille, rendue hardie et agile par ses habits
d'homme, examina la fenêtre, vit l'escalade
facilitée par une grande vigne soutenue d'un
solide treillis qui garnissait tout le mur; et,
descendant avec lenteur et précaution, pour
ne point endommager les beaux raisins du
prieuré, elle atteignit le sol, et s'enfonça
dans le jardin, riant en elle-même de la surprise et du désappointement de Brigide, lorsqu'elle verrait ses précautions déjouées.

Consuelo revit sous un autre aspect les su-
perbes fleurs et les fruits somptueux qu'elle
avait admirés au clair de la lune. L'haleine
du matin et la coloration oblique du soleil

rose et riant donnaient une poésie nouvelle à ces belles productions de la terre. Une robe de satin velouté enveloppait les fruits, la rosée se suspendait en perles de cristal à toutes les branches, et les gazons glacés d'argent exhalaient cette légère vapeur qui semble le souffle aspirateur de la terre s'efforçant de rejoindre le ciel et de s'unir à lui dans une subtile effusion d'amour. Mais rien n'égalait la fraîcheur et la beauté des fleurs encore toutes chargées de l'humidité de la nuit, à cette heure mystérieuse de l'aube où elles s'entr'ouvrent comme pour découvrir des trésors de pureté et répandre des recherches de parfums que le plus matinal et le plus pur des rayons du soleil est seul digne d'entrevoir et de posséder un instant. Le parterre du chanoine était un lieu de délices pour un amateur d'horticulture. Aux yeux de Consuelo il était trop symétrique et trop

soigné. Mais les cinquante espèces de roses,
les rares et charmants hibiscus, les sauges
purpurines, les géraniums variés à l'infini,
les daturas embaumés, profondes coupes
d'opales imprégnées de l'ambroisie des dieux;
les élégantes asclépiades, poisons subtils où
l'insecte trouve la mort dans la volupté; les
splendides cactées, étalant leurs éclatantes
rosaces sur des tiges rugueuses bizarrement
agencées; mille plantes curieuses et super-
bes que Consuelo n'avait jamais vues, et dont
elle ne savait ni les noms ni la patrie, occu-
pèrent son attention pendant longtemps.

En examinant leurs diverses attitudes et
l'expression du sentiment que chacune de
leurs physionomies semblait traduire, elle
cherchait dans son esprit le rapport de la
musique avec les fleurs, et voulait se rendre
compte de l'association de ces deux instincts
dans l'organisation de son hôte. Il y avait

longtemps que l'harmonie des sons lui avait
semblé répondre d'une certaine manière à
l'harmonie des couleurs ; mais l'harmonie
de ces harmonies, il lui sembla que c'était le
parfum. En cet instant, plongée dans une
vague et douce rêverie, elle s'imaginait entendre une voix sortir de chacune de ces co-
rolles charmantes, et lui raconter les mystères de la poésie dans une langue jusqu'alors
inconnue pour elle. La rose lui disait ses ar-
dentes amours, le lis sa chasteté céleste ; le
magnolia superbe l'entretenait des pures
jouissances d'une sainte fierté, et la mi-
gnonne hépathique lui racontait tout bas les
délices de la vie simple et cachée. Certaines
fleurs avaient de fortes voix qui disaient d'un
accent large et puissant : « Je suis belle et
je règne. » D'autres qui murmuraient avec
des sons à peine saisissables, mais d'une douceur infinie et d'un charme pénétrant : « Je

suis petite et je suis aimée, » disaient-elles ;
et toutes ensemble se balançaient en mesure
au vent du matin, unissant leurs voix dans
un chœur aérien qui se perdait peu à peu
dans les herbes émues, et sous les feuillages
avides d'en recueillir le sens mystérieux.

Tout à coup, au milieu de ces harmonies
idéales et de cette contemplation délicieuse,
Consuelo entendit des cris aigus, horribles et
bien douloureusement humains, partir de
derrière les massifs d'arbres qui lui cachaient
le mur d'enceinte. A ces cris, qui se perdi-
rent dans le silence de la campagne, succéda
le roulement d'une voiture, puis la voiture
parut s'arrêter, et on frappa à grands coups
sur la grille de fer qui fermait le jardin de ce
côté-là. Mais, soit que tout le monde fût encore endormi dans la maison, soit que personne ne voulût répondre, on frappa vaine-
ment à plusieurs reprises, et les cris perçants

d'une voix de femme, entrecoupés par les
juremens énergiques d'une voix d'homme
qui appelait au secours, frappèrent les murs
du prieuré et n'éveillèrent pas plus d'échos
sur ces pierres insensibles que dans le cœur
de ceux qui les habitaient. Toutes les fenê-
tres de cette façade étaient si bien calfeutrées
pour protéger le sommeil du chanoine,
qu'aucun bruit extérieur ne pouvait percer
les volets de plein chêne garnis de cuir et
rembourrés de crin. Les valets, occupés dans
le préau situé derrière ce bâtiment, n'entendaient pas les cris; il n'y avait pas de chiens
dans le prieuré. Le chanoine n'aimait pas
ces gardiens importuns qui, sous prétexte
d'écarter les voleurs, troublent le repos de
leurs maîtres. Consuelo essaya de pénétrer
dans l'habitation pour signaler l'approche
de voyageurs en détresse ; mais tout était si
bien fermé qu'elle y renonça, et, suivant son

impulsion, elle courut à la grille d'où partait
le bruit.

Une voiture de voyage, tout encombrée
de paquets et toute blanchie par la poussière d'une longue route, était arrêtée devant l'allée principale du jardin. Les postillons étaient descendus de cheval et tâ-
chaient d'ébranler cette porte inhospitalière
tandis que des gémissements et des plaintes
sortaient de la voiture. — Ouvrez, cria-t-on
à Consuelo, si vous êtes des chrétiens! Il y a
là une dame qui se meurt.

— Ouvrez! s'écria en se penchant à la
portière une femme dont les traits étaient
inconnus à Consuelo, mais dont l'accent vénitien la frappa vivement. Madame va mourir, si on ne lui donne l'hospitalité au plus
vite. Ouvrez donc, si vous êtes des hommes!

Consuelo, sans songer aux résultats de

son premier mouvement , s'efforça d'ouvrir
la grille; mais elle était fermée d'un énorme
cadenas dont la clef était vraisemblablement
dans la poche de dame Brigide. La sonnette
était également arrêtée par un ressort à secret. Dans ce pays tranquille et honnête, de
telles précautions n'avaient pas été prises
contre les malfaiteurs , mais bien contre le
bruit et le dérangement des visites trop tar-
dives ou trop matinales. Il fut impossible à
Consuelo de satisfaire au vœu de son cœur,
et elle supporta douloureusement les injures
de la femme de chambre qui, en parlant vénitien à sa maîtresse, s'écriait avec impatience : « — L'imbécile! le petit maladroit
qui ne sait pas ouvrir une porte ! » Les postillons allemands, plus patients et plus cal-
mes, s'efforçaient d'aider Consuelo , mais
sans plus de succès, lorsque la dame malade,
s'avançant à son tour à la portière, cria

d'une voix forte en mauvais allemand : —
Hé, par le sang du diable ! allez donc chercher quelqu'un pour ouvrir, misérable petit
animal que vous êtes !

Cette apostrophe énergique rassura Consuelo sur le trépas imminent de la dame. Si
elle est près de mourir, pensa-t-elle, c'est
au moins de mort violente; » et, adressant la
parole en vénitien à cette voyageuse dont
l'accent n'était pas plus problématique que
celui de sa suivaute :

— Je n'appartiens pas à cette maison,
lui dit-elle, j'y ai reçu l'hospitalité cette
nuit; je vais tâcher d'éveiller les maîtres, ce
qui ne sera ni prompt ni facile. Êtes-vous
dans un tel danger, Madame, que vous ne
puissiez attendre un peu ici sans vous déses-
pérer?

— J'accouche, imbécile ! cria la voyageuse ; je n'ai pas le temps d'attendre :

cours, crie, casse tout, amène du monde, et
fais-moi entrer ici ; tu seras bien payé de
ta peine...» Elle se remit à jeter les hauts
cris, et Consuelo sentit trembler ses genoux ;
cette figure, cette voix ne lui étaient pas in-
connues... — Le nom de votre maîtresse !
cria-t-elle à la femme de chambre.

— Eh ! qu'est-ce que cela te fait ? Cours
donc, malheureux ! dit la soubrette, toute
bouleversée. Ah ! si tu perds du temps, tu
n'auras rien de nous !

— Eh ! je ne veux rien de vous non plus,
répondit Consuelo avec feu ; mais je veux
savoir qui vous êtes. Si votre maîtresse est
musicienne, vous serez reçus ici d'emblée,
et, si je ne me trompe pas, elle est une
chanteuse célèbre.

— Va, mon petit, dit la dame en mal d'enfant, qui, dans l'intervalle entre chaque
douleur aiguë, retrouvait beaucoup de sang-

froid et d'énergie, tu ne te trompes pas; va
dire aux habitants de cette maison que la fameuse Corilla est prête à mourir, si quelque
âme de chrétien ou d'artiste ne prend pitié
de sa position. Je paierai... dis que je paierai largement. Hélas! Sofia, dit-elle à sa
suivante, fais-moi mettre par terre, je souf-
frirai moins étendue sur le chemin que dans
cette infernale voiture!

Consuelo courait déjà vers le prieuré, résolue de faire un bruit épouvantable et de
parvenir à tout prix jusqu'au chanoine. Elle
ne songeait déjà plus à s'étonner et à s'é-
mouvoir de l'étrange hasard qui amenait en
ce lieu sa rivale, la cause de tous ses malheurs; elle n'était occupée que du désir de
lui porter secours. Elle n'eut pas la peine de
frapper, elle trouva Brigide qui, attirée enfin par les cris, sortait de la maison, escor-
tée du jardinier et du valet dechambre. —

Belle histoire ! répondit-elle avec dureté,
lorsque Consuelo lui eut exposé le fait. N'y
allez pas, André, ne bougez d'ici, maître jardinier ! Ne voyez-vous pas que c'est un coup
monté par ces bandits pour nous dévaliser
et nous assassiner ? Je m'attendais à cela !
une alerte, une feinte ! une bande de scélé-
rats rôdant autour de la maison, tandis que
ceux à qui nous avons donné asile tâcheraient
de les faire entrer sous un honnête prétexte.
Allez chercher vos fusils, Messieurs, et soyez
prêts à assommer cette prétendue dame en
mal d'enfant qui porte des moustaches et
des pantalons. Ah bien, oui ! une femme en
couche ! Quand cela serait, prend-elle notre
maison pour un hôpital ? Nous n'avons pas
de sage-femme ici , je n'entends rien à un
pareil office , et monsieur le chanoine n'aime
pas les vagissements. Comment une dame
se serait-elle mise en route étant sur son

terme ? Et si elle l'a fait, à qui la faute ? pouvons-nous l'empêcher de souffrir ? qu'elle accouche dans sa voiture, elle y sera tout aussi
bien que chez nous, où nous n'avons rien de
disposé pour une pareille aubaine.

Ce discours, commencé pour Consuelo, et
grommelé tout le long de l'allée, fut achevé
à la grille pour la femme de chambre de Corilla. Tandis que les voyageuses, après avoir
parlementé en vain, échangèrent des reproches, des invectives, et même des injures
avec l'intraitable gouvernante, Consuelo,
espérant dans la bonté et dans le dilettantisme du chanoine, avait pénétré dans la
maison. Elle chercha en vain la chambre du
maître; elle ne fit que s'égarer dans cette
vaste habitation dont elle ne connaissait pas
les détours. Enfin elle rencontra Haydn qui
la cherchait, et qui lui dit avoir vu le chanoine entrer dans son orangerie. Ils s'y ren-

dirent ensemble, et virent le digne personnage venir à leur rencontre, sous un berceau
de jasmin, avec un visage frais et riant comme la belle matinée d'automne qu'il faisait
ce jour-là. En regardant cet homme affable
marcher dans sa bonne douillette ouatée, sur
des sentiers où son pied délicat ne risquait
pas de trouver un caillou dans le sable fin et
fraîchement passé au râteau, Consuelo ne
douta pas qu'un être si heureux, si serein
dans sa conscience et si satisfait dans tous
ses vœux, ne fût charmé de faire une bonne
action. Elle commençait à lui exposer la re-
quête de la pauvre Corilla, lorsque Brigide,
apparaissant tout à coup, lui coupa la parole et parla en ces termes : — Il y a là-bas
à votre porte une vagabonde, une chanteuse
de théâtre, qui se dit fameuse, et qui a l'air
et le ton d'une dévergondée. Elle se dit en
mal d'enfant, crie et jure comme trente dé-

mons; elle prétend accoucher chez vous;
voyez si cela vous convient !

Le chanoine fit un geste de dégoût et de
refus. — Monsieur le chanoine, dit Consuelo,
quelle que soit cette femme, elle souffre, sa
vie est peut-être en danger ainsi que celle
d'une innocente créature que Dieu appelle
en ce monde, et que la religion vous commande peut-être d'y recevoir chrétienne-
ment et paternellement. Vous n'abandonne-
rez pas cette malheureuse, vous ne la laisse-
rez pas gémir et agoniser à votre porte.

— Est-elle mariée? demanda froidement
le chanoine après un instant de réflexion.

— Je l'ignore; il est possible qu'elle le
soit. Mais qu'importe? Dieu lui accorde le
bonheur d'être mère : lui seul a le droit de
la juger...

— Elle a dit son nom, monsieur le chanoine, reprit la Brigide avec force; et vous

la connaissez , vous qui fréquentez tous les histrions de Vienne. Elle s'appelle Corilla.

— Corilla ! s'écria le chanoine. Elle est déjà venue à Vienne , j'en ai beaucoup entendu parler. C'était une belle voix, dit-on.

— En faveur de sa belle voix , faites-lui ouvrir la porte ; elle est par terre sur le sable du chemin, dit Consuelo.

— Mais c'est une femme de mauvaise vie, reprit le chanoine. Elle a fait du scandale à Vienne, il y a deux ans.

— Et il y a beaucoup de gens jaloux de votre bénéfice , monsieur le chanoine ! vous m'entendez ! Une femme perdue qui accou- cherait dans votre maison... cela ne serait point présenté comme un hasard , encore moins comme une œuvre de miséricorde. Vous savez que le chanoine Herbert a des préten- tions au jubilariat, et qu'il a déjà fait dépossé- der un jeune confrère, sous prétexte qu'il né-

gligeait les offices pour une dame qui se con-
fessait toujours à lui à ces heures-là. Monsieur le chanoine, un bénéfice comme
le vôtre est plus facile à perdre qu'à gagner !

Ces paroles firent sur le chanoine une impression soudaine et décisive. Il les recueillit dans le sanctuaire de sa prudence, quoiqu'il feignît à peine de les avoir écoutées. —
Il y a, dit-il, une auberge à deux cents pas
d'ici : que cette dame s'y fasse conduire.
Elle y trouvera tout ce qu'il lui faut, et y
sera plus commodément et plus convenablement que chez un garçon. Allez lui dire cela,
Brigide, avec politesse, avec beaucoup de politesse, je vous en prie. Indiquez l'auberge
aux postillons. Vous, mes enfants, dit-il à
Consuelo et à Joseph, venez essayer avec
moi une fugue de Bach pendant qu'on nous
servira le déjeûner.

— Monsieur le chanoine, dit Consuelo émue, abandonnerez-vous...

— Ah! dit le chanoine en s'arrêtant d'un air consterné, voilà mon plus beau volkameria desséché. J'avais bien dit au jardinier qu'il ne l'arrosait pas assez souvent! la plus rare et la plus admirable plante de mon jardin! c'est une fatalité, Brigide! voyez donc! Appelez-moi le jardinier, que je le gronde.

— Je vais d'abord chasser la fameuse Corilla de votre porte, répondit Brigide en s'éloignant.

— Et vous y consentez, vous l'ordonnez, monsieur le chanoine? s'écria Consuelo indignée.

— Il m'est impossible de faire autrement, répondit-il d'une voix douce, mais avec un ton dont le calme annonçait une résolution inébranlable. Je désire qu'on ne m'en parle

pas davantage. — Venez donc, je vous attends pour faire de la musique.

— Il n'est plus de musique pour nous ici,
reprit Consuelo avec énergie. Vous ne seriez
pas capable de comprendre Bach, vous qui
n'avez pas d'entrailles humaines. Ah ! péris-
sent vos fleurs et vos fruits ! puisse la gelée
dessécher vos jasmins et fendre vos plus
beaux arbres ! Cette terre féconde, qui vous
donne tout à profusion, devrait ne produire
pour vous que des ronces ; car vous n'avez
pas de cœur, et vous volez les dons du ciel
que vous ne savez pas faire servir à l'hospitalité !

En parlant ainsi, Consuelo laissa le chanoine ébahi regarder autour de lui, comme
s'il eût craint de voir la malédiction céleste
invoquée par cette âme brûlante tomber
sur ses volkamerias précieux et sur ses ané-
mones chéries. Elle courut à la grille qui

était restée fermée, et elle l'escalada pour
sortir, afin de suivre la voiture de Corilla qui
se dirigeait au pas vers le misérable cabaret,
gratuitement décoré du titre d'auberge par
le chanoine.

3

Joseph Haydn, habitué désormais à se laisser emporter par les subites résolutions de son amie, mais doué d'un caractère plus prévoyant et plus calme, la rejoignit après avoir été reprendre le sac de voyage, la musique et le violon surtout, le gagne-pain, le

consolateur et le joyeux compagnon du
voyage. Corilla fut déposée sur un de ces
mauvais lits des auberges allemandes, où il
faut choisir, tant ils sont exigus, de faire
dépasser la tête ou les pieds. Par malheur, il
n'y avait pas de femme dans cette bicoque ;
la maîtresse était allée en pèlerinage à six
lieues de là, et la servante avait été conduire
la vache au pâturage. Un vieillard et un enfant gardaient la maison ; et, plus effrayés
que satisfaits d'héberger une si riche voyageuse, ils laissaient mettre leurs pénates au
pillage, sans songer au dédommagement
qu'ils pourraient en retirer. Le vieux était
sourd, et l'enfant se mit en campagne pour
aller chercher la sage-femme du village
voisin, qui n'était pas à moins d'une lieue de
distance. Les postillons s'inquiétaient beaucoup plus de leurs chevaux qui n'avaient rien
à manger, que de leur voyageuse ; et celle-

ci, abandonnée aux soins de sa femme de chambre qui avait perdu la tête et criait presque aussi haut qu'elle , remplissait l'air de ses gémissements , qui ressemblaient à ceux d'une lionne plus qu'à ceux d'une femme.

Consuelo , saisie d'effroi et de pitié , résolut de ne pas abandonner cette malheureuse créature.

— Joseph , dit-elle à son camarade , retourne au prieuré , quand même tu devrais y être mal reçu ; il ne faut pas être orgueilleux quand on demande pour les autres. Dis au chanoine qu'il faut envoyer ici du linge, du bouillon , du vin vieux , des matelas , des couvertures, enfin tout ce qui est nécessaire à une personne malade. Parle-lui avec douceur, avec force, et promets-lui, s'il le faut, que nous irons lui faire de la musique, pourvu qu'il envoie des secours à cette femme.

Joseph partit, et la pauvre Consuelo assista à cette scène repoussante d'une femme sans foi et sans entrailles, subissant, avec des imprécations et des blasphêmes, l'auguste martyre de la maternité. La chaste et pieuse enfant frissonnait à la vue de ces tortures que rien ne pouvait adoucir, puisqu'au lieu d'une sainte joie et d'une religieuse espérance, le déplaisir et la colère remplissaient le cœur de Corilla. Elle ne cessait de maudire sa destinée, son voyage, le chanoine et sa gouvernante, et jusqu'à l'enfant qu'elle allait mettre au monde. Elle brutalisait sa suivante, et achevait de la rendre incapable de tout service intelligent. Enfin elle s'emporta contre cette pauvre fille, au point de lui dire : — Va, je te soignerai de même, quand tu passeras par la même épreuve ; car toi aussi tu es grosse, je le sais fort bien, et je t'enverrai accoucher à l'hôpital. Ote-toi de devant mes yeux : tu me gênes et tu m'irrites.

La Sofia, furieuse et désolée, s'en alla pleurer dehors, et Consuelo, restée seule avec la maîtresse d'Anzoleto et de Zustiniani, essaya de la calmer et de la secourir. Au milieu de ses tourments et de ses fureurs, la Corilla conservait une sorte de courage brutal et de force sauvage qui dévoilaient toute l'impiété de sa nature fougueuse et robuste. Lorsqu'elle éprouvait un instant de répit, elle redevenait stoïque et même enjouée.

— Parbleu ! dit-elle tout d'un coup à Consuelo, qu'elle ne reconnaissait pas du tout, ne l'ayant jamais vue que de loin ou sur la scène dans des costumes bien différents de celui qu'elle portait en cet instant, voilà une belle aventure, et bien des gens ne voudront pas me croire quand je leur dirai que je suis chée dans un cabaret avec un médecin de ton espèce; car tu m'as l'air d'un petit zingaro, toi, avec ta mine brune et ton grand œil noir. Qui es-tu? d'où sors-tu? comment te trouves-tu ici, et pourquoi me sers-tu? Ah! tiens, ne me le dis pas, je ne pourrais pas t'entendre, je souffre trop. Ah! *misera, me!* Pourvu que je ne meure pas! oh non! je ne mourrai pas! Je ne veux pas mourir! Zingaro, tu ne m'abandonnes pas? reste là, reste là, ne me laisse pas mourir, entends-tu bien?

Et les cris recommençaient, entrecoupés de nouveaux blasphèmes.

— Maudit enfant! disait-elle, je voudrais t'arracher de mon flanc, et te jeter loin de moi!

— Oh! ne dites pas cela! s'écria Consuelo glacée d'épouvante; vous allez être mère, vous allez être heureuse de voir votre en-

fant, vous ne regretterez pas d'avoir souffert !

— Moi ? dit la Corilla avec un sang-froid
cynique, tu crois que j'aimerai cet enfant-là !
Ah ! que tu te trompes ! Le beau plaisir que
d'être mère, comme si je ne savais pas ce
qui en est ! Souffrir pour accoucher, travailler pour nourrir ces malheureux que leurs
pères renient, les voir souffrir eux-mêmes,
ne savoir qu'en faire, souffrir pour les abandonner... car, après tout, on les aime... mais
je n'aimerai pas celui-là. Oh ! je jure Dieu
que je ne l'aimerai pas ! que je le haïrai comme je hais son père !... Et Corilla, dont l'air
froid et amer cachait un délire croissant,
s'écria dans un de ces mouvements exaspé-
rés qu'une souffrance atroce inspire aux
femmes : — Ah ! maudit ! trois fois maudit
soit le père de cet enfant-là ! Dès cris inarti-
culés la suffoquèrent, elle mit en pièces le

fichu qui cachait son robuste sein pantelant
de douleur et de rage ; et, saisissant le bras
de Consuelo sur lequel elle imprima ses on-
gles crispés par la torture, elle s'écria en ru-
gissant : — Maudit ! maudit ! maudit soit le
vil, l'infâme Anzoleto !

La Sofia rentra en cet instant, et un quart
d'heure après, ayant réussi à délivrer sa
maîtresse, elle jeta sur les genoux de Consuelo le premier oripeau qu'elle arracha au
hasard d'une malle ouverte à la hâte. C'était
un manteau de théâtre, en satin fané, bordé
de franges de clinquant. Ce fut dans ce lange
improvisé que la noble et pure fiancée d'Albert reçut et enveloppa l'enfant d'Anzoleto
et de Corilla.

— Allons, Madame, consolez-vous, dit la
pauvre soubrette avec un accent de bonté
simple et sincère : vous êtes heureusement

accouchée, et vous avez une belle petite fille.

— Fille ou garçon, je ne souffre plus, répondit la Corilla en se relevant sur son coude, sans regarder son enfant ; donne-moi un grand verre de vin.

Joseph venait d'en apporter du prieuré, et du meilleur. Le chanoine s'était exécuté généreusement, et bientôt la malade eut à discrétion tout ce que son état réclamait. Corilla souleva d'une main ferme le gobelet d'argent qu'on lui présentait, et le vida avec l'aplomb d'une vivandière ; puis, se jetant sur les bons coussins du chanoine, elle s'y endormit aussitôt avec la profonde insouciance que donnent un corps de fer et une âme de glace. Pendant son sommeil, l'enfant fut convenablement emmaillotté, et Consuelo alla chercher dans la prairie voisine une brebis qui lui servit de première nour-

rice. Lorsque la mère s'éveilla, elle se fit
soulever par la Sofia ; et, ayant encore avalé
un verre de vin, elle se recueillit un instant;
Consuelo, tenant l'enfant dans ses bras, at—
tendait le réveil de la tendresse maternelle :
Corilla avait bien autre chose en tête. Elle
posa sa voix en *ut* majeur et fit gravement
une gamme de deux octaves. Alors elle frappa
ses mains l'une dans l'autre, en s'écriant :
Brava, Corilla ! tu n'as rien perdu de ta voix,
et tu peux faire des enfants tant qu'il te
plaira ! Puis elle éclata de rire, embrassa la
Sofia, et lui mit au doigt un diamant qu'elle
avait au sien, en lui disant : — C'est pour te
consoler des injures que je t'ai dites. Où est
mon petit singe ? Ah! mon Dieu, s'écria-t-elle
en regardant son enfant, il est blond, il lui
ressemble ! Tant pis pour lui ! malheur à lui;
ne défaites pas tant de malles, Sofia ! à quoi
songez-vous ! croyez-vous que je veuille res-

ter ici. Allons donc! vous êtes sotte, et vous
ne savez pas encore ce que c'est que la vie.
Demain, je compte bien me remettre en
route. Ah! zingaro, tu portes les enfants
comme une vraie femme. Combien veux-tu
pour tes soins et pour ta peine? Sais-tu,
Sofia, que jamais je n'ai été mieux soignée
et mieux servie? Tu es donc de Venise, mon
petit ami? m'as-tu entendue chanter?

Consuelo ne répondit rien à ces questions,
dont on n'eût pas écouté la réponse. La Corilla lui faisait horreur. Elle remit l'enfant à
la servante du cabaret qui venait de rentrer
et qui paraissait une bonne créature ; puis
elle appela Joseph et retourna avec lui au
prieuré.

— Je ne m'étais pas engagé, lui dit, chemin faisant, son compagnon, à vous rame-
ner au chanoine. Il paraissait honteux de sa
conduite, quoiqu'il affectât beaucoup de

grâce et d'enjouement ; malgré son égoïsme, ce n'est pas un méchant homme. Il s'est montré vraiment heureux d'envoyer à la Corilla tout ce qui pouvait lui être utile.

— Il y a des âmes si dures et si affreuses, répondit Consuelo, que les âmes faibles doivent faire plus de pitié que d'horreur. Je veux réparer mon emportement envers ce pauvre chanoine ; et puisque la Corilla n'est pas morte, puisque, comme on dit, la mère et l'enfant se portent bien, puisque notre chanoine y a contribué autant qu'il l'a pu, sans compromettre la possession de son cher bénéfice, je veux le remercier. D'ailleurs, j'ai mes raisons pour rester au prieuré jusqu'au départ de la Corillla. Je te les dirai demain.

La Brigide était allée visiter une ferme voisine, et Consuelo, qui s'attendait à affronter ce cerbère, eut le plaisir d'être re-

çue par le doucereux et prévenant André.
— Eh! arrivez donc, mes petits amis, s'é-
cria-t-il en leur ouvrant la marche vers les
appartements du maître; M. le chanoine est
d'une mélancolie affreuse. Il n'a presque
rien mangé à son déjeûner, et il a interrompu trois fois sa sieste. Il a eu deux grands
chagrins aujourd'hui; il a perdu son plus
beau volkameria et l'espérance d'entendre
de la musique. Heureusement vous voilà de
retour, et une de ses peines sera adoucie.

— Se moque-t-il de son maître ou de nous?
dit Consuelo à Joseph.

— L'un et l'autre, répondit Haydn. Pourvu
que le chanoine ne nous boude pas, nous
allons nous amuser.

Loin de bouder, le chanoine les reçut à
bras ouverts, les força de déjeûner, et ensuite
se mit au piano avec eux. Consuelo lui fit
comprendre et admirer les préludes admi-

rables du grand Bach, et, pour achever de le
mettre de bonne humeur, elle lui chanta les
plus beaux airs de son répertoire, sans chercher à déguiser sa voix, et sans trop s'inquiéter de lui laisser deviner son sexe et son
âge. Le chanoine était déterminé à ne rien
deviner et à jouir avec délices de ce qu'il entendait. Il était véritablement amateur pas-
sionné de musique, et ses transports eurent une sincérité et une effusion dont Consuelo ne put se défendre d'être touchée. —
Ah! cher enfant, noble enfant, heureux enfant, s'écriait le bonhomme les larmes aux
yeux, tu fais de ce jour le plus beau de ma
vie. Mais que deviendrai-je désormais! Non,
je ne pourrai supporter la perte d'une telle
jouissance, et l'ennui me consumera ; je ne
pourrai plus faire de musique ; j'aurai l'âme
remplie d'un idéal que tout me fera regret-

ter ! Je n'aimerai plus rien, pas même mes fleurs...

— Et vous aurez grand tort, monsieur le chanoine, répondit Consuelo ; car vos fleurs chantent mieux que moi.

— Que dis-tu ? mes fleurs chantent ? Je ne les ai jamais entendues.

— C'est que vous ne les avez jamais écoutées. Moi, je les ai entendues ce matin, j'ai surpris leurs mystères, et j'ai compris leur mélodie.

— Tu es un étrange enfant, un enfant de génie ! s'écria le chanoine en caressant la tête brune de Consuelo avec une chasteté paternelle ; tu portes la livrée de la misère, et tu devrais être porté en triomphe. Mais qui es-tu, dis-moi, où as-tu appris ce que tu fais ?

— Le hasard, la nature, monsieur le cha – noine !

—Ah! tu me trompes, dit malignement
le chanoine, qui avait toujours le mot pour
rire ; tu es quelque fils de Caffarelli ou de
Farinello ! Mais, écoutez, mes enfants,
ajouta-t-il d'un air sérieux et animé : je ne
veux plus que vous me quittiez. Je me charge
de vous ; restez avec moi. J'ai de la fortune,
je vous en donnerai. Je serai pour vous ce
que Gravina a été pour Metastasio. Ce sera
mon bonheur, ma gloire. Attachez-vous à
moi ; il ne s'agira que d'entrer dans les ordres mineurs. Je vous ferai avoir quelques
jolis bénéfices, et après ma mort vous trou-
verez quelques bonnes petites économies que
je ne prétends pas laisser à cette harpie de
Brigide.

Comme le chanoine disait cela, Brigide
entra brusquement et entendit ses dernières
paroles. Et moi, s'écria-t-elle d'une voix
glapissante et avec des larmes de rage, je ne

prétends pas vous servir davantage. C'est assez longtemps sacrifier ma jeunesse et ma
réputation à un maître ingrat.

— Ta réputation ? ta jeunesse? interrompit moqueusement le chanoine sans se dé-
concerter. Eh! tu te flattes, ma pauvre
vieille ; ce qu'il te plaît d'appeler l'une pro-
tège l'autre.

— Oui, oui, raillez, répliqua-t-elle ; mais
préparez-vous à ne plus me revoir. Je quitte
de ce pas une maison où je ne puis établir aucun ordre et aucune décence. Je voulais
vous empêcher de faire des folies, de gaspil-
ler votre bien, de dégrader votre rang ; mais
je vois que c'était en vain. Votre caractère
faible et votre mauvaise étoile vous pous-
sent à votre perte , et les premiers saltim-
banques qui vous tombent sous la main vous
tournent si bien la tête, que vous êtes tout
prêt à vous laisser dévaliser par eux. Allons,

allons, il y a longtemps que le chanoine Herbert me demande à son service et m'offre de plus beaux avantages que ceux que vous me faites. Je suis lasse de tout ce que je vois ici. Faites-moi mon compte. Je ne passerai pas la nuit sous votre toit.

— En sommes-nous là? dit le chanoine avec calme. Eh bien, Brigide, tu me fais grand plaisir, et puisses-tu ne pas te raviser! Je n'ai jamais chassé personne, et je crois que j'aurais le diable à mon service que je ne le mettrais pas dehors, tant je suis débonnaire ; mais si le diable me quittait, je lui souhaiterais un bon voyage et chanterais un *Magnificat* à son départ. Va faire ton paquet, Brigide ; et quant à tes comptes, fais-les toi-même, mon enfant. Tout ce que tu voudras, tout ce que je possède, si tu veux, pourvu que tu t'en ailles bien vite.

— Eh! monsieur le chanoine, dit Haydn

tout ému de cette scène domestique, vous
regretterez une vieille servante qui vous
paraît fort attachée...

— Elle est attachée à mon bénéfice, répondit le chanoine, et moi, je ne regrette-
rai que son café.

— Vous vous habituerez à vous passer de
bon café, monsieur le chanoine, dit l'austère Consuelo avec fermeté, et vous ferez
bien. Tais-toi, Joseph, et ne parle pas pour
elle. Je veux le dire devant elle, moi, parce
que c'est la vérité. Elle est méchante et elle
est nuisible à son maître. Il est bon, lui ; la
nature l'a fait noble et généreux. Mais cette
fille le rend égoïste. Elle refoule les bons
mouvements de son âme ; et s'il la garde, il
deviendra dur et inhumain comme elle. Pardonnez-moi, monsieur le chanoine, si je
vous parle ainsi. Vous m'avez fait tant chanter, et vous m'avez tant poussé à l'exaltation

en manifestant la vôtre, que je suis peut-être
un peu hors de moi. Si j'éprouve une sorte d'i-
vresse, c'est votre faute; mais soyez sûr que
la vérité parle dans ces ivresses-là, parce
qu'elles sont nobles et développent en nous
ce que nous avons de meilleur. Elles nous
mettent le cœur sur les lèvres, et c'est mon
cœur qui vous parle en ce moment. Quand
je serai calme, je serai plus respectueux et
non plus sincère. Croyez-moi, je ne veux
pas de votre fortune, je n'en ai aucune envie, aucun besoin. Quand je voudrai, j'en
aurai plus que vous, et la vie d'artiste est
vouée à tant de hasards, que vous me sur-
vivrez peut-être. Ce sera peut-être à moi de
vous inscrire sur mon testament, en reconnaissance de ce que vous avez voulu faire le
vôtre en ma faveur. Demain nous partons
pour ne vous revoir peut-être jamais; mais
nous partirons le cœur plein de joie, de res-

pect, d'estime et de reconnaissance pour vous si vous renvoyez madame Brigide, à qui je demande bien pardon de ma façon de penser.

Consuelo parlait avec tant de feu, et la franchise de son caractère se peignait si vivement dans tous ses traits, que le chanoine en fut frappé comme d'un éclair. — Va-t'en, Brigide, dit-il à sa gouvernante d'un air digne et ferme. La vérité parle par la bouche des enfants, et cet enfant-là a quelque chose de grand dans l'esprit. Va-t'en, car tu m'as fait faire ce matin une mauvaise action, et tu m'en ferais faire d'autres, parce que je suis faible et parfois craintif. Va-t'en, parce que tu me rends malheureux, et que cela ne peut pas te faire faire ton salut; va-t'en, ajouta-t-il en souriant, parce que tu commences à brûler trop ton café et à tourner toutes les crèmes où tu mets le nez.

Ce dernier reproche fut plus sensible à
Brigide que tous les autres, et son orgueil,
blessé à l'endroit le plus irritable, lui ferma
la bouche complètement. Elle se redressa,
jeta sur le chanoine un regard de pitié, presque de mépris, et sortit d'un air théâtral.
Deux heures après, cette reine dépossédée
quittait le prieuré, après l'avoir un peu mis
au pillage. Le chanoine ne voulut pas s'en
apercevoir, et à l'air de béatitude qui se ré-
pandit sur son visage , Haydn reconnut que
Consuelo lui avait rendu un véritable service. A dîner, cette dernière , pour l'empêcher d'éprouver le moindre regret, lui fit du
café à la manière de Venise, qui est bien la
première manière du monde. André se mit
aussitôt à l'étude sous sa direction, et le
chanoine déclara qu'il n'avait dégusté meilleur café de sa vie. On fit encore de la musique le soir, après avoir envoyé demander

des nouvelles de la Corilla, qui était déjà assise, leur dit-on, sur le fauteuil que le chanoine lui avait envoyé. On se promena au clair de la lune dans le jardin, par une soirée magnifique. Le chanoine, appuyé sur le bras de Consuelo, ne cessait de la supplier d'entrer dans les ordres mineurs et de s'attacher à lui comme fils adoptif.

— Prenez garde, lui dit Joseph lorsqu'ils rentrèrent dans leurs chambres ; ce bon chanoine s'éprend de vous un peu trop sérieusement.

— Rien ne doit inquiéter en voyage, lui répondit-elle. Je ne serai pas plus abbé que je n'ai été trompette. M. Mayer, le comte Hoditz et le chanoine ont tous compté sans le lendemain.

4

Cependant Consuelo souhaita le bonsoir à Joseph, et se retira dans sa chambre sans lui avoir donné, comme il s'y attendait, le signal du départ pour le retour de l'aube. Elle avait ses raisons pour ne pas se hâter, et Joseph attendit qu'elle les lui confiât, en-

chanté de passer quelques heures de plus
avec elle dans cette jolie maison, tout en
menant cette bonne vie de chanoine qui ne
lui déplaisait pas. Consuelo se permit de
dormir la grasse matinée, et de ne paraître
qu'au second déjeûner du chanoine. Celui-ci
avait l'habitude de se lever de bonne heure,
de prendre un repas léger et friand, de se
promener dans ses jardins et dans ses serres
pour examiner ses plantes, un bréviaire à la
main, et d'aller faire un second somme en
attendant le déjeûner à la fourchette. —
Notre voisine la voyageuse se porte bien,
dit-il à ses jeunes hôtes dès qu'il les vit paraître. J'ai envoyé André lui faire son déjeûner. Elle a exprimé beaucoup de reconnaissance pour nos attentions, et, comme
elle se dispose à partir aujourd'hui pour
Vienne, contre toute prudence, je l'avoue,
elle vous fait prier d'aller la voir, afin de

vous récompenser du zèle charitable que vous lui avez montré. Ainsi, mes enfants, déjeûnez vite, et rendez-vous auprès d'elle; sans doute elle vous destine quelque joli présent.

— Nous déjeûnerons aussi lentement qu'il vous plaira, monsieur le chanoine, répondit Consuelo, et nous n'irons pas voir la malade; elle n'a plus besoin de nous, et nous n'aurons jamais besoin de ses présents.

— Singulier enfant! dit le chanoine émerveillé. Ton désintéressement romanesque, ta générosité enthousiaste me gagnent le cœur à tel point, que jamais, je le sens, je ne pourrai consentir à me séparer de toi...

Consuelo sourit, et l'on se mit à table. Le repas fut exquis et dura bien deux heures; mais le dessert fut autre que le chanoine ne s'y attendait.

— Monsieur le révérend, dit André en

paraissant à la porte, voici la mère Berthe, la femme du cabaret voisin, qui vous
apporte une grande corbeille de la part de
l'accouchée.

— C'est l'argenterie que je lui ai prêtée,
répondit le chanoine. André, recevez-la,
c'est votre affaire. Elle part donc décidément
cette dame ?

— Monsieur le révérend, elle est partie.

— Déjà! c'est une folle! Elle veut se tuer
cette diablesse-là!

— Non, monsieur le chanoine, dit Consuelo, elle ne veut pas se tuer, et elle ne se
tuera pas.

— Eh bien, André, que faites-vous là
d'un air cérémonieux? dit le chanoine à son
valet.

— Monsieur le révérend, c'est que la mère
Berthe refuse de me remettre la corbeille;

elle dit qu'elle ne la remettra qu'à vous, et qu'elle a quelque chose à vous dire.

— Allons, c'est un scrupule ou une affectation de dépositaire. Fais-la entrer, finissons-en.

La vieille femme fut introduite, et, après avoir fait de grandes révérences, elle déposa sur la table une grande corbeille couverte d'un voile. Consuelo y porta une main empressée, tandis que le chanoine tournait la tête vers Berthe ; et ayant un peu écarté le voile, elle le referma en disant tout bas à Joseph : — Voilà ce que j'attendais, voilà pourquoi je suis restée. Oh! oui, j'en étais sûre, Corilla devait agir ainsi.

Joseph, qui n'avait pas eu le temps d'apercevoir le contenu de la corbeille, regardait sa compagne d'un air étonné.

— Eh bien, mère Berthe, dit le chanoine, vous me rapportez les objets que j'ai prêtés.

à votre hôtesse ? C'est bon , c'est bon. Je
n'en étais pas en peine , et je n'ai pas besoin
d'y regarder pour être sûr qu'il n'y manque
rien.

— Monsieur le révérend , répondit la
vieille, ma servante a tout apporté ; j'ai tout
remis à *vos officiers*. Il n'y manque rien en
effet , et je suis bien tranquille là-dessus.
Mais cette corbeille , on m'a fait jurer de ne
la remettre qu'à vous, et ce qu'elle contient,
vous le savez aussi bien que moi.

— Je veux être pendu si je le sais , dit le
chanoine en avançant la main négligemment
vers la corbeille. Mais sa main resta comme
frappée de catalepsie, et sa bouche demeura
entr'ouverte de surprise , lorsque le voile
s'étant agité et entr'ouvert comme de lui-
même, une petite main d'enfant, rose et mi-
gnonne , apparut en faisant le mouvement

vague de chercher à saisir le doigt du chanoine.

— Oui, monsieur le révérend, reprit la
vieille femme avec un sourire de satisfaction
confiante ; le voilà sain et sauf, bien gentil,
bien éveillé, et ayant bonne envie de vivre.

Le chanoine stupéfait avait perdu la parole ; la vieille continua : — Dame! Votre
Révérence l'avait demandé à sa mère pour
l'élever et l'adopter! La pauvre dame a eu un
peu de peine à s'y décider ; mais enfin nous
lui avons dit que son enfant ne pouvait pas
être en de meilleures mains, et elle l'a recommandé à la Providence en nous le remettant pour vous l'apporter : « Dites bien
à ce digne chanoine, à ce saint homme,
s'est-elle exclamée en montant dans sa voiture, que je n'abuserai pas longtemps de son
zèle charitable. Bientôt je reviendrai chercher ma fille et payer les dépenses qu'il aura

faites pour elle. Puisqu'il veut absolument
se charger de lui trouver une bonne nourrice, remettez-lui pour moi cette bourse que
je le prie de partager entre cette nourrice et
le petit musicien qui m'a si bien soignée hier,
s'il est encore chez lui, » Quant à moi, elle
m'a bien payée, monsieur le révérend, et je
ne demande rien, je suis fort contente.

— Ah ! vous êtes contente ! s'écria le chanoine d'un ton tragi-comique. Eh bien , j'en
suis fort aise ! mais veuillez remporter cette
bourse et ce marmot. Dépensez l'argent, éle-
vez l'enfant, ceci ne me regarde en aucune
façon.

— Élever l'enfant, moi ? Oh ! que nenni,
monsieur le révérend ! je suis trop vieille
pour me charger d'un nouveau né. Cela crie
toute la nuit, et mon pauvre homme, bien
qu'il soit sourd, ne s'arrangerait pas d'une
pareille société.

— Et moi donc! il faut que je m'en arrange ? Grand merci! Ah! vous comptiez là-dessus ?

— Puisque Votre Révérence l'a demandé à sa mère !

— Moi! je l'ai demandé? où diantre avez-vous pris cela ?

— Mais puisque Votre Révérence a écrit ce matin...

— Moi, j'ai écrit? où est ma lettre, s'il vous plaît! qu'on me présente ma lettre!

— Ah! dame, je ne l'ai pas vue, votre lettre, et d'ailleurs personne ne sait lire chez nous, mais M. André est venu saluer l'accouchée de la part de Votre Révérence, et elle nous a dit qu'il lui avait remis une lettre. Nous l'avons cru, nous, bonnes gens! qui est-ce qui ne l'eût pas cru?

— C'est un mensonge abominable! c'est un tour de bohémienne ! s'écria le chanoine,

et vous êtes les compères de cette sorcière-
là. Allons, allons, emportez-moi le marmot,
rendez-le à sa mère, gardez-le, arrangez-
vous comme il vous plaira, je m'en lave les
mains. Si c'est de l'argent que vous voulez
me tirer, je consens à vous en donner. Je ne
refuse jamais l'aumône, même aux intrigants
et aux escrocs ; c'est la seule manière de s'en
débarrasser ; mais prendre un enfant dans
ma maison, merci de moi! allez tous au
diable !

— Ah ! pour ce qui est de cela, repartit la
vieille femme d'un ton fort décidé, je ne le
ferai point, n'en déplaise à Votre Révérence.
Je n'ai pas consenti à me charger de l'enfant
pour mon compte. Je sais comment finissent
toutes ces histoires-là. On vous donne pour
commencer un peu d'or qui brille, on vous
promet monts et merveilles ; et puis vous
n'entendez plus parler de rien ; l'enfant vous

reste. Ça n'est jamais fort, ces enfants-là ;
c'est fainéant et orgueilleux de nature. On
ne sait qu'en faire. Si ce sont des garçons, ça
tourne au brigandage ; si ce sont des filles,
çà tourne encore plus mal ! Ah ! par ma foi,
non ! ni moi, ni mon vieux, ne voulons de
l'enfant. On nous a dit que Votre Révérence
le demandait ; nous l'avons cru, le voilà.
Voilà l'argent, et nous sommes quittes.
Quant à être compères, nous ne connaissons
pas ces tours-là, et j'en demande pardon à
Votre Révérence : elle veut rire quand elle
nous accuse de lui en imposer. Je suis bien
la servante de Votre Révérence, et je m'en
retourne à la maison. Nous avons des pèle-
rins qui s'en reviennent du *vœu* et qui ont
pardieu grand soif !

La vieille salua à plusieurs reprises en
s'en allant ; puis revenant sur ses pas : —
J'allais oublier, dit-elle ; l'enfant doit s'ap-

peler Angèle, en italien. Ah ! par ma foi, je
ne me souviens plus comment elles m'ont
dit cela.

— Angiolina, Anzoleta? dit Consuelo.

— C'est cela, précisément, dit la vieille ;
et, saluant encore le chanoine, elle se retira
tranquillement.

— Eh bien, comment trouvez-vous le
tour? dit le chanoine stupéfait en se retournant vers ses hôtes.

— Je le trouve digne de celle qui l'a imaginé, répondit Consuelo en ôtant de la corbeille l'enfant qui commençait à s'impa-
tienter, et en lui faisant avaler doucement
quelques cuillerées d'un reste de lait du déjeûner qui était encore chaud, dans la tasse
japonaise du chanoine.

— Cette Corilla est donc un démon? reprit le chanoine ; vous la connaissiez ?

— Seulement de réputation ; mais mainte-

nant je la connais parfaitement, et vous
aussi, monsieur le chanoine.

— Et c'est une connaissance dont je me
serais fort bien passé! Mais qu'allons-nous
faire de ce pauvre abandonné? ajouta-t-il en
jetant un regard de pitié sur l'enfant.

— Je vais le porter, répondit Consuelo, à
votre jardinière à qui j'ai vu allaiter hier un
beau garçon de cinq à six mois.

— Allez donc! dit le chanoine, ou plutôt
sonnez pour qu'elle vienne ici le recevoir.
Elle nous indiquera une nourrice dans quelque ferme voisine... pas trop voisine pourtant; car Dieu sait le tort que peut faire à un
homme d'église la moindre marque d'un intérêt marqué pour un enfant tombé ainsi des
nues dans sa maison.

— A votre place, monsieur le chanoine, je
me mettrais au dessus de ces misères-là. Je
ne voudrais ni prévoir, ni apprendre les sup-

positions absurdes de la calomnie. Je vivrais
au milieu des sots propos comme s'ils n'exis-
taient pas, j'agirais toujours comme s'ils
étaient impossibles. A quoi servirait donc
une vie de sagesse et de dignité, si elle n'as-
surait pas le calme de la conscience et la liberté des bonnes actions? Voyez, cet enfant
vous est confié, mon révérend. S'il est mal
soigné loin de vos yeux, s'il languit, s'il
meurt, vous vous le reprocherez éternellement!

— Que dis-tu là, que cet enfant m'est confié? en ai-je accepté le dépôt? et le caprice
ou la fourberie d'autrui nous imposent-ils de
pareils devoirs? Tu t'exaltes, mon enfant,
et tu déraisonnes.

— Non, mon cher monsieur le chanoine,
reprit Consuelo en s'animant de plus en
plus; je ne déraisonne pas. La méchante
mère qui abandonne ici son enfant n'a aucun

droit et ne peut rien vous imposer. Mais celui qui a droit de vous commander , celui qui
dispose des destinées de l'enfant naissant,
celui envers qui vous serez éternellement
responsable, c'est Dieu. Oui, c'est Dieu qui a
eu des vues particulières de miséricorde sur
cette innocente petite créature en inspirant à
sa mère la pensée hardie de vous le confier.
C'est lui qui , par un bizarre concours de
circonstances, le fait entrer dans votre maison malgré vous, et le pousse dans vos bras
en dépit de toute votre prudence. Ah ! monsieur le chanoine, rappelez-vous l'exemple
de saint Vincent de Paul, qui allait ramas-
sant sur les marches des maisons les pauvres orphelins abandonnés, et ne rejetez pas
celui que la Providence apporté dans votre
sein. Je crois bien que si vous le faisiez,
cela vous porterait malheur; et le monde,
qui a une [sorte d'instinct de justice dans sa

méchanceté même, dirait, avec une apparence de vérité, que vous avez eu des raisons pour l'éloigner de vous. Au lieu que si vous le gardez, on ne vous en supposera pas d'autres que les véritables : votre miséricorde et votre charité.

— Tu ne sais pas, dit le chanoine ébranlé et incertain, ce que c'est que le monde! Tu es un enfant sauvage de droiture et de vertu. Tu ne sais pas surtout ce que c'est que le clergé, et Brigide, la méchante Brigide, savait bien ce qu'elle disait hier en prétendant que certaines gens étaient jaloux de ma position, et travaillaient à me la faire perdre. Je tiens mes bénéfices de la protection de feu l'empereur Charles, qui a bien voulu me servir de patron pour me les faire obtenir. L'impératrice Marie-Thérèse m'a protégé aussi pour me faire passer jubilaire avant l'âge. Eh bien, ce que nous croyons tenir de l'Église ne nous est jamais assuré absolument. Au dessus de nous, au dessus des souverains qui nous favorisent, nous avons toujours un maître, c'est l'Église. Comme elle nous déclare *capables* quand il lui plaît, alors même que nous ne le sommes pas, elle nous déclare *incapables* quand il lui convient, alors même que nous lui avons rendu les plus grands services. *L'ordinaire*, c'est-à-dire l'évêque diocésain, et son conseil, si on les indispose et si on les irrite contre nous, peuvent nous accuser, nous traduire à leur barre, nous juger et nous dépouiller, sous prétexte d'inconduite, d'irrégularité de mœurs ou d'exemples scandaleux, afin de reporter sur de nouvelles créatures les dons qu'ils s'étaient laissé arracher pour nous. Le ciel m'est témoin que ma vie est aussi pure que celle de cet enfant qui est né hier. Eh bien, sans une extrême prudence dans toutes mes relations, ma vertu n'eût pas suffi à me défendre des mauvaises interprétations. Je ne suis pas très courtisan envers les prélats ; mon indolence, et un peu l'orgueil de ma naissance peut-être, m'en ont toujours empêché. J'ai des envieux dans le chapitre...

— Mais vous avez pour vous Marie-Thérèse, qui est une grande âme, une noble femme et une tendre mère, reprit Consuelo. Si elle était là pour vous juger, et que vous vinssiez à lui dire avec l'accent de la vérité, que la vérité seule peut avoir : « Reine, j'ai balancé un instant entre la crainte de donner des armes à mes ennemis et le besoin de pratiquer la première vertu de mon état, la charité ; j'ai vu d'un côté des calomnies, des intrigues auxquelles je pouvais succomber, de l'autre un pauvre être abandonné du ciel et des hommes, qui n'avait de

refuge que dans ma pitié, et d'avenir que
dans ma sollicitude ; et j'ai choisi de risquer
ma réputation, mon repos et ma fortune,
pour faire les œuvres de la foi et de la miséricorde. » Ah! je n'en doute pas, si vous di-
siez cela à Marie-Thérèse, Marie-Thérèse,
qui peut tout, au lieu d'un prieuré, vous don-
nerait un palais , et au lieu d'un canonicat
un évêché. N'a-t-elle pas comblé d'honneurs
et de richesses l'abbé Metastasio pour avoir
fait des rimes ? que ne ferait-elle pas pour
la vertu, si elle récompense ainsi le talent?
Allons, mon révérend, vous garderez cette
pauvre Angiolina dans votre maison ; votre
jardinière la nourrira, et plus tard vous
l'élèverez dans la religion et dans la vertu.
Sa mère en eût fait un démon pour l'enfer,
et vous en ferez un ange pour le ciel !

— Tu fais de moi ce que tu veux, dit le
chanoine ému et attendri, en laissant son

favori déposer l'enfant sur ses genoux ; allons, nous baptiserons Angèle demain matin, tu seras son parrain... Si Brigide était encore là, nous la forcerions à être ta commère, et sa fureur nous divertirait. Sonne pour qu'on nous amène la nourrice, et que tout soit fait selon la volonté de Dieu! Quant à la bourse que Corilla nous a laissée... (ouidà ! cinquante sequins de Venise !) nous n'en avons que faire ici. Je me charge des dépenses présentes pour l'enfant, et de son sort futur, si on ne le réclame pas. Prends donc cet or, il t'est bien dû pour la vertu singulière et le grand cœur dont tu as fait preuve dans tout ceci.

— De l'or pour payer ma vertu et la bonté de mon cœur! s'écria Consuelo en repoussant la bourse avec dégoût. Et l'or de la Corilla ! le prix du mensonge, de la prosti-

tution peut-être! Ah! monsieur le chanoine,
cela souille même la vue ! Distribuez-le aux
pauvres, cela portera bonheur à notre pauvre Angèle.

5

Pour la première fois de sa vie peut-être
le chanoine ne dormit guère. Il sentait en
lui une émotion et une agitation étranges.
Sa tête était pleine d'accords, de mélodies et
de modulations qu'un léger sommeil venait
briser à chaque instant, et qu'à chaque in-

tervalle de réveil il cherchait malgré lui, et même avec une sorte de dépit, à reprendre et à renouer sans pouvoir y parvenir. Il avait retenu par cœur les phrases les plus saillantes des morceaux que Consuelo lui avait chantés; il les entendait résonner encore dans sa cervelle, dans son diaphragme; et puis tout à coup le fil de l'idée musicale se brisait dans sa mémoire au plus bel endroit, et il la recommençait mentalement cent fois de suite, sans pouvoir aller une note plus loin. C'est en vain que, fatigué de cette audition imaginaire, il s'efforçait de la chasser; elle revenait toujours se placer dans son oreille, et il lui semblait que la clarté de son feu vacillait en mesure sur le satin cramoisi de ses rideaux. Les petits sifflements qui sortent des bûches enflammées avaient l'air de vouloir chanter aussi ces maudites phrases dont la fin restait dans l'imagination

fatiguée du chanoine comme un arcane im-
pénétrable. S'il eût pu en retrouver une entière, il lui semblait qu'il eût pu être délivré
de cette obsession de réminiscences. Mais la
mémoire musicale est ainsi faite, qu'elle nous
tourmente et nous persécute jusqu'à ce que
nous l'ayons rassasiée de ce dont elle est
avide et inquiète.

Jamais la musique n'avait fait tant d'impression sur le cerveau du chanoine, bien qu'il
eût été toute sa vie un dilettante remarquable. Jamais voix humaine n'avait bouleversé
ses entrailles comme celle de Consuelo.
Jamais physionomie, jamais langage et
manières n'avaient exercé sur son âme une
fascination comparable à celle que les traits,
la contenance et les paroles de Consuelo
exerçaient sur lui depuis trente-six heures.
Le chanoine devinait-il ou ne devinait-il pas
le sexe du prétendu Bertoni? Oui et non.

Comment vous expliquer cela? Il faut que
vous sachiez qu'à cinquante ans le chanoine
avait l'esprit aussi chaste que les mœurs, et
les mœurs aussi pures qu'une jeune fille. A
cet égard, c'était un saint homme que notre
chanoine; il avait toujours été ainsi, et ce
qu'il y a de plus remarquable, c'est que, bâtard du roi le plus débauché dont l'histoire
fasse mention, il ne lui en avait presque rien
coûté pour garder son vœu de chasteté. Né
avec un tempérament flegmatique (nous
disons aujourd'hui lymphatique), il avait été
si bien élevé dans l'idée du canonicat, il avait
toujours tant chéri le bien-être et la tran-
quillité, il était si peu propre aux luttes ca-
chées que les passions brutales livrent à l'ambition ecclésiastique; en un mot, il désirait
tant le repos et le bonheur, qu'il avait eu pour
premier et pour unique principe dans la vie,
de sacrifier tout à la possession tranquille

d'un bénéfice : amour, amitié, vanité, enthousiasme, vertu même, s'il l'eût fallu. Il
s'était préparé de bonne heure et habitué de
longue main à tout immoler sans effort et
presque sans regret. Malgré cette théorie
affreuse de l'égoïsme, il était resté bon , hu-
main, affectueux et enthousiaste à beaucoup
d'égards, parce que sa nature était bonne, et
que la nécessité de réprimer ses meilleurs
instincts ne s'était presque jamais présentée.
Sa position indépendante lui avait toujours
permis de cultiver l'amitié, la tolérance et les
arts; mais l'amour lui était interdit, et il avait
tué l'amour, comme le plus dangereux ennemi
de son repos et de sa fortune. Cependant ,
comme l'amour est de nature divine, c'est-à-
dire immortel, quand nous croyons l'avoir
tué, nous n'avons pas fait autre chose que de
l'ensevelir vivant dans notre cœur. Il peut y
sommeiller sournoisement durant de longues

années, jusqu'au jour où il lui plaît de se ranimer. Consuelo apparaissait à l'automne de
cette vie de chanoine, et cette longue apathie
de l'âme se changeait en une langueur tendre, profonde, et plus tenace qu'on ne pouvait le prévoir. Ce cœur apathique ne savait
point bondir et palpiter pour un objet aimé;
mais il pouvait se fondre comme la glace au
soleil, se livrer, connaître l'abandon de soi-
même, la soumission, et cette sorte d'abnéga-
tion patiente qu'on est surpris de rencontrer
quelquefois chez les égoïstes quand l'amour
s'empare de leur forteresse.

Il aimait donc, ce pauvre chanoine; à cinquante ans, il aimait pour la première fois,
et il aimait celle qui ne pouvait jamais répondre à son amour. Il ne le pressentait que
trop, et voilà pourquoi il voulait se persuader à lui-même, en dépit de toute vraisemblance, que ce n'était pas de l'amour qu'il

éprouvait, puisque ce n'était pas une femme
qui le lui inspirait.

A cet égard il s'abusait complètement, et,
dans toute la naïveté de son cœur, il prenait
Consuelo pour un garçon. Lorsqu'il remplissait des fonctions canoniques à la cathédrale
de Vienne, il avait vu nombre de beaux et
jeunes enfants à la maîtrise ; il avait entendu
des voix claires, argentines et quasi femel-
les pour la pureté et la flexibilité ; celle de
Bertoni était plus pure et plus flexible mille
fois. Mais c'était une voix italienne, pensait-
il ; et puis Bertoni était une nature d'exception, un de ces enfants précoces dont les facultés, le génie et l'aptitude sont des prodi-
ges. Et tout fier, tout enthousiasmé d'avoir
trouvé ce trésor sur le grand chemin, le chanoine rêvait déjà de le faire connaître au
monde, de le lancer, d'aider à sa fortune et
à sa gloire. Il s'abandonnait à tous les élans

d'une affection paternelle et d'un orgueil
bienveillant, et sa conscience ne devait pas
s'en effrayer; car l'idée d'un amour vicieux
et immonde, comme celui qu'on avait attribué à Gravina pour Métastase, le chanoine
ne savait même pas ce que c'était. Il n'y pensait pas, il n'y croyait même pas, et cet ordre d'idées paraissait à son esprit chaste et
droit une abominable et bizarre supposition
des méchantes langues.

Personne n'eût cru à cette pureté enfan-
tine dans l'imagination du chanoine, homme
d'esprit un peu railleur, très facétieux, plein
de finesse et de pénétration en tout ce qui
avait rapport à la vie sociale. Il y avait pourtant tout un monde d'idées, d'instincts et de
sentiments qui lui était inconnu. Il s'était endormi dans la joie de son cœur, en faisant
mille projets pour son jeune protégé, en se
promettant pour lui-même de passer sa vie

dans les plus saintes délices musicales , et en s'attendrissant à l'idée de cultiver , en les tempérant un peu, les vertus qui brillaient dans cette âme généreuse et ardente ; mais, réveillé à toutes les heures de la nuit par une émotion singulière, poursuivi par l'image de cet enfant merveilleux , tantôt inquiet et effrayé à l'idée de le voir se soustraire à sa tendresse déjà un peu jalouse, tantôt impatient d'être au lendemain pour lui réitérer sérieusement des offres , des promesses et des prières qu'il avait eu l'air d'écouter en riant, le chanoine, étonné de ce qui se passait en lui, se persuada mille choses autres que la vérité. — J'étais donc destiné par la nature à avoir beaucoup d'enfants et à les aimer avec passion, se demandait-il avec une honnête simplicité , puisque la seule pensée d'en adopter un aujourd'hui me jette dans une pareille agitation ? C'est pourtant la

première fois de ma vie que ce sentiment-là
se révèle à mon cœur, et voilà que dans un
seul jour l'admiration m'attache à l'un, la
sympathie à l'autre, la pitié à un troisième!
Bertoni, Beppo, Angiolina! me voilà en famille tout d'un coup, moi qui plaignais les
embarras des parents, et qui remerciais Dieu
d'être obligé par état au repos de la solitude!
Est-ce la quantité et l'excellence de la musique que j'ai entendue aujourd'hui qui me
donne une exaltation d'idées si nouvelle?...
C'est plutôt ce délicieux café à la vénitienne
dont j'ai pris deux tasses au lieu d'une, par
pure gourmandise!... J'ai eu la tête si bien
montée tout le jour, que je n'ai presque pas
pensé à mon volkameria, desséché pourtant
par la faute de Pierre!

« Il mio cor si divide... »

Allons, voilà encore cette maudite phrase

qui me revient! La peste soit de ma mémoire!... Que ferai-je pour dormir?... Qua-
tre heures du matin, c'est inouï!... J'en ferai
une maladie!

Une idée lumineuse vint enfin au secours
du bon chanoine; il se leva, prit son écri-
toire, et résolut de travailler à ce fameux
livre entrepris depuis si longtemps, et non
encore commencé. Il lui fallait consulter le
Dictionnaire du droit canonique pour se remettre dans son sujet; il n'en eut pas lu
deux pages que ses idées s'embrouillèrent,
ses yeux s'appesantirent, le livre coula doucement de l'édredon sur le tapis, la bougie
s'éteignit à un soupir de béatitude somno-
lente exhalé de la robuste poitrine du saint
homme, et il dormit enfin du sommeil du
juste jusqu'à dix heures du matin.

Hélas! que son réveil fut amer, lorsque,
d'une main engourdie et nonchalante, il

ouvrit le billet suivant déposé par André
sur son guéridon, avec sa tasse de chocolat!

« Nous partons, monsieur et révérend
« chanoine; un devoir impérieux nous appe-
« lait à Vienne, et nous avons craint de ne
« pouvoir résister à vos généreuses instan-
« ces. Nous nous sauvons comme des in-
« grats : mais nous ne le sommes point, et
« jamais nous ne perdrons le souvenir de
« votre hospitalité envers nous, et de votre
« charité sublime pour l'enfant abandonné.
« Nous viendrons vous en remercier. Avant
« huit jours, vous nous reverrez; veuillez
« différer jusque-là le baptême d'Angèle, et
« compter sur le dévouement respectueux
« et tendre de vos humbles protégés.

                   « BERTONI, BEPPO. »

Le chanoine pâlit, soupira et agita sa

sonnette. — Ils sont partis? dit-il à André.

— Avant le jour, monsieur le chanoine.

— Et qu'ont-ils dit en partant? ont-ils déjeûné, au moins? ont-ils désigné le jour où
ils reviendraient?

— Personne ne les a vus partir, monsieur
le chanoine. Ils se sont en allés comme ils
sont venus, par dessus les murs. En m'éveil-
lant j'ai trouvé leurs chambres désertes; le
billet que vous tenez était sur leur table, et
toutes les portes de la maison et de l'enclos
fermées comme je les avais laissées hier soir.
Ils n'ont pas emporté une épingle, ils n'ont
pas touché à un fruit, les pauvres enfants!...

— Je le crois bien! s'écria le chanoine, et
ses yeux se remplirent de larmes. Pour chasser sa mélancolie, André essaya de lui faire
faire le menu de son dîner. — Donne-moi
ce que tu voudras, André! répondit le cha-

noine d'une voix déchirante, et il retomba
en gémissant sur son oreiller.

Le soir de ce jour-là, Consuelo et Joseph
entrèrent dans Vienne à la faveur des om-
bres. Le brave perruquier Keller fut mis dans
la confidence, les reçut à bras ouverts, et
hébergea de son mieux la noble voyageuse.
Consuelo fit mille amitiés à la fiancée de Joseph, tout en s'affligeant en secret de ne la
trouver ni gracieuse ni belle. Le lendemain
matin, Keller tressa les cheveux flottants de
Consuelo ; sa fille l'aida à reprendre les vê-
tements de son sexe, et lui servit de guide
jusqu'à la maison qu'habitait le Porpora.

6

A la joie que Consuelo éprouva de serrer
dans ses bras son maître et son bienfaiteur,
succéda un pénible sentiment qu'elle eut
peine à renfermer. Un an ne s'était pas
écoulé depuis qu'elle avait quitté le Porpora,
et cette année d'incertitudes, d'ennuis et de

chagrins avait imprimé au front soucieux du
Maestro les traces profondes de la souffrance
et de la vieillesse. Il avait pris cet embonpoint maladif où l'inaction et la langueur de
l'âme font tomber les organisations affais-
sées. Son regard avait le feu qui l'animait
encore naguère, et une certaine coloration
bouffie de ses traits trahissait de funestes
efforts tentés pour chercher dans le vin l'ou-
bli de ses maux ou le retour de l'inspiration
refroidie par l'âge et le découragement.
L'infortuné compositeur s'était flatté de retrouver à Vienne quelques nouvelles chances
de succès et de fortune. Il y avait été reçu
avec une froide estime, et il trouvait ses rivaux, plus heureux, en possession de la faveur impériale et de l'engouement du public.
Métastase avait écrit des drames et des oratorio pour Caldera, pour Predieri, pour
Fuchs, pour Reüter et pour Hasse; Métas-

tase, le poète de la cour (*poeta cesareo*), l'é-
crivain à la mode, le *nouvel Albane*, le favori
des muses et des dames, le charmant, le
précieux, l'harmonieux, le coulant, le divin
Métastase; en un mot, celui de tous les cui-
siniers dramatiques dont les mets avaient le
goût le plus agréable et la digestion la plus
facile, n'avait rien écrit pour Porpora, et n'a-
vait voulu lui rien promettre. Le Maestro
avait peut-être encore des idées; il avait au
moins sa science, son admirable entente des
voix, ses bonnes traditions napolitaines, son
goût sévère, son large style, et ses fiers et
mâles récitatifs dont la beauté grandiose
n'a jamais été égalée. Mais il n'avait pas de
public, et il demandait en vain un poème.
Il n'était ni flatteur, ni intrigant; sa rude
franchise lui faisait des ennemis, et sa mauvaise humeur rebutait tout le monde.

Il porta ce sentiment jusque dans l'accueil

affectueux et paternel qu'il fit à Consuelo. —
Et pourquoi as-tu quitté sitôt la Bohème?
lui dit-il après l'avoir embrassée avec émotion. Que viens-tu faire ici, malheureuse
enfant? Il n'y a point ici d'oreilles pour t'é-
couter, ni de cœurs pour te comprendre; il
n'y a point ici de place pour toi, ma fille.
Ton vieux maître est tombé dans le mépris
public, et, si tu veux réussir, tu feras bien
d'imiter les autres en feignant de ne pas le
connaître, ou de le mépriser, comme font
tous ceux qui lui doivent leur talent, leur
fortune et leur gloire.

— Hélas! vous doutez donc aussi de moi?
lui dit Consuelo dont les yeux se remplirent
de larmes. Vous voulez renier mon affection
et mon dévouement, et faire tomber sur
moi le soupçon et le dédain que les autres
ont mis dans votre âme! O mon maître!
vous verrez que je ne mérite pas cet outrage.

Vous le verrez ! voilà tout ce que je puis vous dire.

Le Porpora fronça le sourcil, tourna le dos, fit quelques pas dans sa chambre, revint vers Consuelo, et, voyant qu'elle pleurait, mais ne trouvant rien de doux et de tendre à lui dire, il lui prit son mouchoir des mains, et le lui passa sur les yeux avec une rudesse paternelle, en lui disant : « Allons, allons ! » Consuelo vit qu'il était pâle et qu'il étouffait de gros soupirs dans sa large poitrine; mais il contint son émotion, et tirant une chaise à côté d'elle : — Allons, reprit-il, raconte-moi ton séjour en Bohême, et dis-moi pourquoi tu es revenue si brusquement? Parle donc, ajouta-t-il avec un peu d'impatience. Est-ce que tu n'as pas mille choses à me dire? Tu t'ennuyais là-bas? ou bien les Rudolstadt ont été mal pour toi? Oui, eux aussi sont capables de t'avoir blessée et tourmen-

tée ! Dieu sait que c'étaient les seules personnes de l'univers en qui j'avais encore foi ;
mais Dieu sait aussi que tous les hommes
sont capables de tout ce qui est mal !

— Ne dites pas cela, mon ami, répondit
Consuelo. Les Rudolstadt sont des anges, et
je ne devrais parler d'eux qu'à genoux ; mais
j'ai dû les quitter, j'ai dû les fuir, et même
sans les prévenir, sans leur dire adieu.

— Qu'est-ce à dire ? Est-ce toi qui as quelque chose à te reprocher envers eux ? Me
faudrait-il rougir de toi, et me reprocher
de t'avoir envoyée chez ces braves gens ?

— Oh, non ! non, Dieu merci, maître ! Je
n'ai rien à me reprocher, et vous n'avez
point à rougir de moi.

— Alors qu'est ce donc ?

Consuelo, qui savait combien il fallait faire
au Porpora les réponses courtes et promp-
tes lorsqu'il donnait son attention à la con-

naissance d'un fait ou d'une idée , lui annonça, en peu de mots, que le comte Albert voulait l'épouser, et qu'elle n'avait pu se décider à lui rien promettre avant d'avoir consulté son père adoptif.

Le Porpora fit une grimace de colère et d'ironie. — Le comte Albert! s'écria-t-il, l'héritier des Rudolstadt, le descendant des rois de Bohême , le seigneur de Riesenburg ! il a voulu t'épouser, toi, petite Égyptienne ? toi, le laideron de la scuola , la fille sans père, la comédienne sans argent et sans engagement ? toi, qui as demandé l'aumône, pieds nus, dans les carrefours de Venise ?

— Moi! votre élève! moi, votre fille adoptive ! oui, moi, la Porporina ! répondit Consuelo avec un orgueil tranquille et doux.

— Belle illustration et brillante condition ! En effet , reprit le Maestro avec amertume, j'avais oublié celles-là dans la nomenclature.

La dernière et l'unique élève d'un maître sans école, l'héritière future de ses guenilles et de sa honte, la continuatrice d'un nom qui est déjà effacé de la mémoire des hommes ! il y a de quoi se vanter, et voilà de quoi rendre fous les fils des plus illustres familles !

— Apparemment, maître, dit Consuelo avec un sourire mélancolique et caressant, que nous ne sommes pas encore tombés si bas dans l'estime des hommes de bien qu'il vous plaît de le croire ; car il est certain que le comte veut m'épouser, et que je viens ici vous demander votre agrément pour y consentir, ou votre protection pour m'en défendre.

— Consuelo, répondit le Porpora d'un ton froid et sévère, je n'aime point ces sottises-là. Vous devriez savoir que je hais les romans de pensionnaire ou les aventures de coquette. Jamais je ne vous aurais crue capable de vous mettre en tête pareilles billevesées, et je suis vraiment honteux pour vous d'entendre de telles choses. Il est possible que le jeune comte de Rudolstadt ait pris pour vous une fantaisie, et que, dans l'ennui de la solitude, ou dans l'enthousiasme de la musique, il vous ait fait deux doigts de cour; mais comment avez-vous été assez impertinente pour prendre l'affaire au sérieux, et pour vous donner, par cette feinte ridicule, les airs d'une princesse de roman? Vous me faites pitié, et si le vieux comte, si la chanoinesse, si la baronne Amélie sont informés de vos prétentions, vous me faites honte; je vous le dis encore une fois, je rougis de vous.

Consuelo savait qu'il ne fallait pas contredire le Porpora lorsqu'il était en train de déclamer, ni l'interrompre au milieu d'un sermon. Elle le laissa exhaler son indignation, et quand il lui eut dit tout ce qu'il put imaginer de plus blessant et de plus injuste, elle lui raconta de point en point, avec l'accent de la vérité et la plus scrupuleuse exactitude, tout ce qui s'était passé au château des Géants, entre elle, le comte Albert, le comte Christian, Amélie, la chanoinesse et Anzoleto. Le Porpora, qui, après avoir donné un libre cours à son besoin d'emportement et d'invectives, savait, lui aussi, écouter et comprendre, prêta la plus sérieuse attention à son récit; et quand elle eut fini, il lui adressa encore plusieurs questions pour s'enquérir de nouveaux détails et pénétrer complètement dans la vie intime et dans les sentiments de toute la famille.

— Alors!... lui dit-il enfin, tu as bien agi, Consuelo. Tu as été sage, tu as été digne, tu as été forte comme je devais l'attendre de toi. C'est bien. Le ciel t'a protégée, et il te récompensera en te délivrant une fois pour toutes de cet infâme Anzoleto. Quant au jeune comte, tu n'y dois pas penser. Je te le défends. Un pareil sort ne te convient pas. Jamais le comte Christian ne te permettra de redevenir artiste, sois assurée de cela. Je connais mieux que toi l'orgueil indomptable des nobles. Or, à moins que tu ne te fasses à cet égard des illusions que je trouverais puériles et insensées, je ne pense pas que tu hésites un instant entre la fortune des grands et celle des enfants de l'art... Qu'en penses-tu?... Réponds-moi donc! Par le corps de Bacchus, on dirait que tu ne m'entends pas!

— Je vous entends fort bien, mon maître, et je vois que vous n'avez rien compris à tout ce que je vous ai dit.

— Comment, je n'ai rien compris! Je ne comprends plus rien, n'est-ce pas? Et les pe-

tits yeux noirs du Maestro retrouvèrent le
feu de la colère. Consuelo, qui connaissait
son Porpora sur le bout de son doigt, vit
qu'il fallait lui tenir tête, si elle voulait se
faire écouter de nouveau.

— Non, vous ne m'avez pas comprise, répliqua-t-elle avec assurance ; car vous me
supposez des velléités d'ambition très diffé-
rentes de celles que j'ai. Je n'envie pas la
fortune des grands, soyez-en persuadé, et
ne me dites jamais, mon maître, que je la
fais entrer pour quelque chose dans mes irrésolutions. Je méprise les avantages qu'on
n'acquiert pas par son propre mérite ; vous
m'avez élevée dans ce principe, et je n'y sau-
rais déroger. Mais il y a bien dans la vie
quelque autre chose que l'argent et la vanité, et ce quelque chose est assez précieux
pour contre-balancer les enivrements de la
gloire et les joies de la vie d'artiste. C'est

l'amour d'un homme comme Albert, c'est le bonheur domestique, ce sont les joies de la famille. Le public est un maître capricieux, ingrat et tyrannique. Un noble époux est un ami, un soutien, un autre soi-même. Si j'arrivais à aimer Albert comme il m'aime, je ne penserais plus à la gloire, et probablement je serais plus heureuse.

— Quel sot langage est cela? s'écria le Maestro. Êtes-vous devenue folle? Donnez-vous dans la sentimentalité allemande? Bon Dieu! dans quel mépris de l'art vous êtes tombée, madame la comtesse! Vous venez de me raconter que votre Albert, comme vous vous permettez de l'appeler, vous faisait plus de peur que d'envie; que vous vous sentiez mourir de froid et de crainte à ses côtés, et mille autres choses que j'ai très bien entendues et comprises, ne vous en déplaise; et maintenant que vous êtes délivrée de ses

poursuites, maintenant que vous êtes rendue à la liberté, le seul bien, la seule condition de développement de l'artiste, vous venez me demander s'il ne faut point vous remettre la pierre au cou pour vous jeter au
fond du puits qu'habite votre amant vision-
naire? Eh! allez donc! faites si bon vous
semble; je ne me mêle plus de vous, et je n'ai
plus rien à vous dire. Je ne perdrai pas mon
temps à causer davantage avec une personne
qui ne sait ni ce qu'elle dit, ni ce qu'elle
veut. Vous n'avez pas le sens commun, et je
suis votre serviteur.

En disant cela, le Porpora se mit à son
clavecin et improvisa d'une main ferme et
sèche plusieurs modulations savantes pendant lesquelles Consuelo, désespérant de l'a-
mener ce jour-là à examiner le fond de la
question, réfléchit au moyen de le remettre
au moins de meilleure humeur. Elle y réus-

sit en lui chantant les airs nationaux qu'elle avait appris en Bohême, et dont l'originalité transporta le vieux maître. Puis elle l'amena doucement à lui faire voir les dernières compositions qu'il avait essayées. Elle les lui chanta à livre ouvert avec une si grande perfection, qu'il retrouva tout son enthousiasme, toute sa tendresse pour elle. L'infortuné, n'ayant plus d'élève habile auprès de lui, et se méfiant de tout ce qui l'approchait, ne goûtait plus le plaisir de voir ses pensées rendues par une belle voix et comprises par une belle âme. Il fut si touché de s'entendre exprimé selon son cœur, par sa grande et toujours docile Porporina, qu'il versa des larmes de joie et la pressa sur son sein en s'écriant : « Ah ! tu es la première cantatrice du monde ! Ta voix a doublé de volume et d'étendue, et tu as fait autant de progrès que si je t'avais donné des leçons tous les jours

depuis un an. Encore, encore, ma fille ; re-
dis-moi ce thème. Tu me donnes le premier
instant de bonheur que j'aie goûté depuis
bien des mois !

Ils dînèrent ensemble, bien maigrement,
à une petite table , près de la fenêtre. Le
Porpora était mal logé ; sa chambre, triste,
sombre et toujours en désordre , donnait sur
un angle de rue étroite et déserte. Consuelo,
le voyant bien disposé, se hasarda à lui parler de Joseph Haydn. La seule chose qu'elle
lui eût caché, c'était son long voyage pédes-
tre avec ce jeune homme , et les incidents
bizarres qui avaient établi entre eux une si
douce et si loyale intimité. Elle savait que
son maître prendrait en grippe , selon sa
coutume, tout aspirant à ses leçons dont on
commencerait par lui faire l'éloge. Elle raconta donc d'un air d'indifférence qu'elle
avait rencontré , dans une voiture aux ap-

proches de Vienne, un pauvre petit diable qui lui avait parlé de l'école du Porpora avec tant de respect et d'enthousiasme, qu'elle lui avait presque promis d'intercéder en sa faveur auprès du Porpora lui-même.

« Eh! quel est-il, ce jeune homme? demanda le Maestro; à quoi se destine-t-il? A être artiste, sans doute, puisqu'il est pauvre diable! Oh! je le remercie de sa clientèle. Je ne veux plus enseigner le chant qu'à des fils de famille. Ceux-là paient, n'apprennent rien, et sont fiers de nos leçons, parce qu'ils se figurent savoir quelque chose en sortant de nos mains. Mais les artistes! tous lâches, tous ingrats, tous traîtres et menteurs. Qu'on ne m'en parle pas. Je ne veux jamais en voir un franchir le seuil de cette chambre. Si cela arrivait, vois-tu, je le jetterais par la fenêtre à l'instant même. »

Consuelo essaya de le dissuader de ces

préventions; mais elle les trouva si obsti-
nées, qu'elle y renonça, et, se penchant un
peu à la fenêtre, dans un moment où son
maître avait le dos tourné, elle fit avec ses
doigts un premier signe, et puis un second.
Joseph, qui rôdait dans la rue en attendant
ce signal convenu, comprit que le premier
mouvement des doigts lui disait de renoncer
à tout espoir d'être admis comme élève auprès du Porpora; le second l'avertissait de ne
pas paraître avant une demi-heure.

Consuelo parla d'autre chose pour faire
oublier au Porpora ce qu'elle venait de lui
dire; et, la demi-heure écoulée, Joseph frappa
à la porte. Consuelo alla lui ouvrir, feignit
de ne pas le connaître, et revint annoncer
au Maestro que c'était un domestique qui se
présentait pour entrer à son service.

— Voyons ta figure! cria le Porpora au
jeune homme tremblant; approche! Qui t'a

dit que j'eusse besoin d'un domestique? Je n'en ai aucun besoin.

— Si vous n'avez pas besoin de domestique, répondit Joseph éperdu, mais faisant bonne contenance comme Consuelo le lui avait recommandé, c'est bien malheureux pour moi, Monsieur; car j'ai bien besoin de trouver un maître.

— On dirait qu'il n'y a que moi qui puisse te faire gagner ta vie! répliqua le Porpora. Tiens, regarde mon appartement et mon mobilier; crois-tu que j'aie besoin d'un laquais pour arranger tout cela?

— Eh! vraiment oui, Monsieur, vous en auriez besoin, reprit Haydn en affectant une confiante simplicité; car tout cela est fort mal en ordre.

En parlant ainsi, il se mit tout de suite à la besogne, et commença à ranger la chambre avec une symétrie et un sang-froid apparent qui donnèrent envie de rire au Porpora. Joseph jouait le tout pour le tout ; car si son zèle n'eût diverti le maître, il eût fort risqué d'être payé à coups de canne. — Voilà un drôle de corps, qui veut me servir malgré moi, dit le Porpora en le regardant faire. Je te dis, idiot, que je n'ai pas le moyen de payer un domestique. Continueras-tu à faire l'empressé ?

— Qu'à cela ne tienne, Monsieur ! Pourvu que vous me donniez vos vieux habits, et un morceau de pain tous les jours, je m'en contenterai. Je suis si misérable, que je me trouverai fort heureux de ne pas mendier mon pain.

— Mais pourquoi n'entres-tu pas dans une maison riche ?

— Impossible, Monsieur ; on me trouve trop petit et trop laid. D'ailleurs, je n'entends rien à la musique, et vous savez que tous les

grands seigneurs d'aujourd'hui veulent que
leurs laquais sachent faire une petite partie
de viole ou de flûte pour la musique de chambre. Moi, je n'ai jamais pu me fourrer une
note de musique dans la tête.

— Ah! ah! tu n'entends rien à la musique.
Eh bien, tu es l'homme qu'il me faut. Si tu
te contentes de la nourriture et des vieux habits, je te prends; car, aussi bien, voilà ma
fille qui aura besoin d'un garçon diligent
pour faire ses commissions. Voyons! que
sais-tu faire? Brosser les habits, cirer les
souliers, balayer, ouvrir et fermer la porte?

— Oui, Monsieur, je sais faire tout cela.

— Eh bien, commence. Prépare-moi l'habit que tu vois étendu sur mon lit, car je vais
dans une heure chez l'ambassadeur. Tu
m'accompagneras, Consuelo. Je veux te présenter à monsignor Corner, que tu connais
déjà, et qui vient d'arriver des eaux avec la

signora. Il y a là-bas une petite chambre que je te cède; va faire un peu de toilette aussi pendant que je me préparerai.

Consuelo obéit, traversa l'antichambre, et, entrant dans le cabinet sombre qui allait devenir son appartement, elle endossa son éternelle robe noire et son fidèle fichu blanc, qui avaient fait le voyage sur l'épaule de Joseph.

« Pour aller à l'ambassade, ce n'est pas un très bel équipage, pensa-t-elle ; mais on m'a vue commencer ainsi à Venise, et cela ne m'a pas empêchée de bien chanter et d'être écoutée avec plaisir. »

Quand elle fut prête, elle repassa dans l'antichambre, et y trouva Haydn, qui crêpait gravement la perruque du Porpora, plantée sur un bâton. En se regardant, ils étouffèrent de part et d'autre un grand éclat de rire. — Eh ! comment fais-tu pour arran-

ger cette belle perruque? lui dit-elle à voix
bien basse, pour ne pas être entendue du
Porpora, qui s'habillait dans la chambre voisine.

— Bah! répondit Joseph, cela va tout seul.
J'ai souvent vu travailler Keller! Et puis, il
m'a donné une leçon ce matin, et il m'en
donnera encore, afin que j'arrive à la perfection du lissé et du crêpé.

— Ah! prends courage, mon pauvre garçon, dit Consuelo en lui serrant la main; le
maître finira par se laisser désarmer. Les
routes de l'art sont encombrées d'épines,
mais on parvient à y cueillir de belles
fleurs.

— Merci de la métaphore, chère sœur
Consuelo. Sois sûre que je ne me rebuterai
pas, et pourvu qu'en passant auprès de moi
sur l'escalier ou dans la cuisine tu me dises de
temps en temps un petit mot d'encourage-

ment et d'amitié, je supporterai tout avec
plaisir.

— Et je t'aiderai à remplir tes fonctions,
reprit Consuelo en souriant. Crois-tu donc
que moi aussi je n'aie pas commencé comme
toi? Quand j'étais petite, j'étais souvent la
servante du Porpora. J'ai plus d'une fois fait
ses commissions, battu son chocolat et repassé ses rabats. Tiens, pour commencer, je
vais t'enseigner à brosser cet habit, car tu
n'y entends rien; tu casses les boutons et tu
fanes les revers. Elle lui prit la brosse des
mains, et lui donna l'exemple avec adresse
et dextérité. Mais, entendant le Porpora qui
approchait, elle lui repassa la brosse préci-
pitamment, et prit un air grave pour lui
dire en présence du maître : Eh bien! petit,
dépêchez-vous donc !

7

Ce n'était point à l'ambassade de Venise, mais chez l'ambassadeur, c'est-à-dire dans la maison de sa maîtresse, que le Porpora conduisait Consuelo. La Wilhelmine était une belle créature, infatuée de musique, et dont tout le plaisir, dont toute la prétention était

de rassembler chez elle, en petit comité, les
artistes et les dilettanti qu'elle pouvait y attirer, sans compromettre par trop d'apparat la
dignité diplomatique de monsignor Corner. A
l'apparition de Consuelo, il y eut un moment
de surprise, de doute, puis un cri de joie et
une effusion de cordialité dès qu'on se fut
assuré que c'était bien la Zingarella, la merveille de l'année précédente à San-Samuel.
Wilhelmine, qui l'avait vue tout enfant venir chez elle, derrière le Porpora, portant
ses cahiers, et le suivant comme un petit
chien, s'était beaucoup refroidie à son endroit, en lui voyant ensuite recueillir tant
d'applaudissements et d'hommages dans les
salons de la noblesse, et tant de couronnes
sur la scène. Ce n'est pas que cette belle personne fût méchante, ni qu'elle daignât être
jalouse d'une fille si longtemps réputée laide
à faire peur. Mais la Wilhelmine aimait à

faire la grande dame, comme toutes celles
qui ne le sont pas. Elle avait chanté de
grands airs avec le Porpora (qui, la traitant
comme un talent d'amateur, lui avait laissé
essiyer de tout), lorsque la pauvre Consuelo
étudiait encore cette fameuse petite feuille
de carton où le maître renfermait toute sa
méthode de chant et, à laquelle il tenait ses
élèves sérieux durant cinq ou six ans. La
Wilhelmine ne se figurait donc pas qu'elle
pût avoir pour la Zingarella un autre sentiment que celui d'un charitable intérêt. Mais
de ce qu'elle lui avait jadis donné quelques
bonbons, ou de ce qu'elle lui avait mis entre
les mains un livre d'images pour l'empêcher
de s'ennuyer dans son antichambre, elle con-
cluait qu'elle avait été une des plus officieu-
ses protectrices de ce jeune talent. Elle avait
donc trouvé fort extraordinaire et fort incon-
venant que Consuelo, parvenue en un in-

stant au faîte du triomphe, ne se fût pas mon-
trée humble, empressée et remplie de reconnaissance envers elle. Elle avait compté que
lorsqu'elle aurait de petites réunions d'hommes choisis, Consuelo ferait gracieusement
et gratuitement les frais de la soirée, en
chantant pour elle et avec elle aussi souvent
et aussi longtemps qu'elle le désirerait, et
qu'elle pourrait la présenter à ses amis, en se
donnant les gants de l'avoir aidée dans ses
débuts et quasi formée à l'intelligence de la
musique. Les choses s'étaient passées autrement : le Porpora, qui avait beaucoup plus
à cœur d'élever d'emblée son élève Consuelo
au rang qui lui convenait dans la hiérarchie
de l'art, que de complaire à sa protectrice
Wilhelmine, avait ri, dans sa barbe, des prétentions de cette dernière; et il avait défendu
à Consuelo d'accepter les invitations un peu
trop familières d'abord, un peu trop impé-

rieuses ensuite, de madame l'ambassadrice
de la main gauche. Il avait su trouver mille
prétextes pour se dispenser de la lui amener,
et la Wilhelmine en avait pris un étrange
dépit contre la débutante ; jusqu'à dire
qu'elle n'était pas assez belle pour avoir jamais des succès incontestés ; que sa voix,
agréable dans un salon, à la vérité, manquait
de sonorité au théâtre, qu'elle ne tenait pas
sur la scène tout ce qu'avait promis son enfance, et autres malices de même genre connues de tout temps et en tous pays.

Mais bientôt la clameur enthousiaste du
public avait étouffé ces petites insinuations,
et la Wilhelmine, qui se piquait d'être un
bon juge, une savante élève du Porpora, et
une âme généreuse, n'avait osé poursuivre
cette guerre sourde contre la plus brillante
élève du Maestro, et contre l'idole du public.
Elle avait mêlé sa voix à celle des vrais di-

lettanti pour exalter Consuelo, et si elle l'a-
vait un peu dénigrée encore pour l'orgueil
et l'ambition dont elle avait fait preuve en
ne mettant pas sa voix à la disposition de
madame l'ambassadrice, c'était bien bas et
tout à fait à l'oreille de quelques-uns que
madame l'ambassadrice se permettait de l'en
blâmer.

Cette fois, lorsqu'elle vit Consuelo venir à
elle dans sa petite toilette des anciens jours,
et lorsque le Porpora la lui présenta officielle-
ment, ce qu'il n'avait jamais fait auparavant,
vaine et légère comme elle était, la Wilhelmine pardonna tout, et s'attribua un rôle de
grandeur généreuse embrassant la Zigarella
sur les deux joues. « Elle est ruinée, pens :-t-
elle ; elle a fait quelque folie, ou perdu la
voix, peut-être ; car on n'a pas entendu parler
d'elle depuis longtemps. Elle nous revient à
discrétion. Voici le vrai moment de la plain-

dre, de la protéger, et de mettre ses talents
à l'épreuve ou à profit. »

Consuelo avait l'air si doux et si conciliant,
que la Wilhelmine, ne retrouvant pas ce ton
de hautaine prospérité qu'elle lui avait sup-
posé à Venise, se sentit fort à l'aise avec elle
et la combla de prévenances. Quelques Italiens, amis de l'ambassadeur, qui se trouvaient là, se joignirent à elle pour accabler
Consuelo d'éloges et de questions, qu'elle sut
éluder avec adresse et enjouement. Mais tout
à coup sa figure devint sérieuse, et une certaine émotion s'y trahit, lorsqu'au milieu du
groupe d'Allemands qui la regardaient cu-
rieusement de l'autre extrémité du salon,
elle reconnut une figure qui l'avait déjà gê-
née ailleurs; celle de l'inconnu, ami du chanoine, qui l'avait tant examinée et interro-
gée, trois jours auparavant, chez le curé du
village où elle avait chanté la messe avec

Joseph Haydn. Cet inconnu l'examinait encore avec une curiosité extrême, et il était
facile de voir qu'il questionnait ses voisins sur
son compte. La Wilhelmine s'aperçut de la
préoccupation de Consuelo. « Vous regardez M. Holzbaüer ? lui dit-elle. Le connaissez-
vous ?

— Je ne le connais pas, répondit Consuelo, et j'ignore si c'est celui que je regarde.

— C'est le premier à droite de la console,
reprit l'ambassadrice. Il est actuellement directeur du théâtre de la cour, et sa femme
est première cantatrice à ce même théâtre.
Il abuse de sa position, ajouta-t-elle tout bas,
pour régaler la cour et la ville de ses opéras,
qui, entre nous, ne valent pas le diable. Voulez-vous que je vous fasse faire connaissance
avec lui ? C'est un fort galant homme.

— Mille grâces, signora, répondit Con-

suelo, je suis trop peu de chose ici pour être
présentée à ce personnage, et je suis certaine d'avance qu'il ne m'engagera pas à son
théâtre.

— Et pourquoi cela, mon cœur? Cette
belle voix, qui n'avait pas sa pareille dans
toute l'Italie, aurait-elle souffert du séjour
de la Bohême? car vous avez vécu tout ce
temps en Bohême, nous dit-on; dans le
pays le plus froid et le plus triste du monde!
C'est bien mauvais pour la poitrine, et je ne
m'étonne pas que vous en ayez ressenti les
effets. Mais ce n'est rien, la voix vous revien-
dra à notre beau soleil de Venise.

Consuelo, voyant que la Wilhelmine était
fort pressée de décréter l'altération de sa
voix, s'abstint de démentir cette opinion,
d'autant plus que son interlocutrice avait
fait elle-même la question et la réponse.
Elle ne se tourmentait pas de cette charita-

ble supposition, mais de l'antipathie qu'elle
devait s'attendre à rencontrer chez Holzbaüer à cause d'une réponse un peu brusque
et un peu sincère qui lui était échappée sur
sa musique au déjeûner du presbytère. Le
Maestro de la cour ne manquerait pas de se
venger en racontant dans quel équipage et
en quelle compagnie il l'avait rencontrée
sur les chemins, et Consuelo craignait que
cette aventure, arrivant aux oreilles du Porpora, ne l'indisposât contre elle, et surtout
contre le pauvre Joseph.

Il en fut autrement : Holzbaüer ne dit pas
un mot de l'aventure, pour des raisons que
l'on saura par la suite ; et loin de montrer
la moindre animosité à Consuelo, il s'approcha d'elle, et lui adressa des regards dont la
malignité enjouée n'avait rien que de bienveillant. Elle feignit de ne pas les comprendre. Elle eût craint de paraître lui deman-

dér le secret, et quelles que pussent être les
suites de leur rencontre, elle était trop fière
pour ne pas les affronter tranquillement.

Elle fut distraite de cet incident par la figure d'un vieillard à l'air dur et hautain, qui
montrait cependant beaucoup d'empressement à lier conversation avec le Porpora ;
mais celui-ci, fidèle à sa mauvaise humeur,
lui répondait à peine, et à chaque instant faisait un effort et cherchait un prétexte pour
se débarrasser de lui. — Celui-ci, dit Wilhel
mine, qui n'était pas fâchée de faire à Consuelo la liste des célébrités qui ornaient son
salon, c'est un maître illustre, c'est le Buononcini. Il arrive de Paris, où il a joué lui-
même une partie de violoncelle dans un mo-
tet de sa composition en présence du roi ;
vous savez que c'est lui qui a fait fureur si
longtemps à Londres, et qui, après une lutte
obstinée de théâtre à théâtre contre Hæn-

del, a fini par vaincre ce dernier dans l'o-
péra.

— Ne dites pas cela, signora, dit avec vivacité le Porpora qui venait de se débarrasser du Buononcini, et qui, se rapprochant
des deux femmes, avait entendu les dernières paroles de Wilhelmine ; oh ! ne dites pas
un pareil blasphême ! Personne n'a vaincu
Hændel, personne ne le vaincra. Je connais
mon Hændel, et vous ne le connaissez pas
encore. C'est le premier d'entre nous, et je
le confesse, quoique j'aie eu l'audace de lutter aussi contre lui dans des jours de folle
jeunesse ; j'ai été écrasé, cela devait être,
cela est juste. Buononcini, plus heureux,
mais non plus modeste ni plus habile que
moi, a triomphé aux yeux des sots et aux
oreilles des barbares. Ne croyez donc pas
ceux qui vous parlent de ce triomphe-là ;
ce sera l'éternel ridicule de mon confrère

Buononcini, et l'Angleterre rougira un jour
d'avoir préféré ses opéras à ceux d'un génie,
d'un géant tel que Hændel. La mode, la *fa-
shion*, comme ils disent là-bas, le mauvais
goût, l'emplacement favorable du théâtre,
une coterie, des intrigues et, plus que tout
cela, le talent des prodigieux chanteurs que
le Buononcini avait pour interprètes, l'ont
emporté en apparence. Mais Hændel prend
dans la musique sacrée une revanche formi-
dable... Et, quant à M. Buononcini, je n'en
fais pas grand cas. Je n'aime pas les escamo-
teurs, et je dis qu'il a escamoté son succès
dans l'opéra tout aussi légitimement que
dans la cantate.

Le Porpora faisait allusion à un vol scandaleux qui avait mis en émoi tout le monde
musical ; le Buononcini s'étant attribué en
Angleterre la gloire d'une composition que
Lotti avait faite trente ans auparavant, et

qu'il avait réussi à prouver sienne d'une manière éclatante, après un long débat avec
l'effronté Maestro. La Wilhelmine essaya de
défendre le Buononcini; et cette contradiction ayant enflammé la bile du Porpora : —
Je vous dis, je vous soutiens, s'écria-t-il
sans se soucier d'être entendu de Buononcini, que Hændel est supérieur, même dans
l'opéra, à tous les hommes du passé et du
présent. Je veux vous le prouver sur l'heure.
Consuelo, mets-toi au piano, et chante-nous
l'air que je te désignerai.

— Je meurs d'envie d'entendre l'admirable Porporina, reprit la Wilhelmine;
mais je vous supplie, qu'elle ne débute pas
ici, en présence du Buononcini et de M. Holzbaüer, par du Hændel. Ils ne pourraient être
flattés d'un pareil choix...

— Je le crois bien, dit Porpora, c'est leur
condamnation vivante, leur arrêt de mort !

— Eh bien ! en ce cas, reprit-elle, faites chanter quelque chose de vous, maître !

— Vous savez, sans doute, que cela n'exciterait la jalousie de personne ! mais moi, je veux qu'elle chante du Hændel ! je le veux !

— Maître, n'exigez pas que je chante aujourd'hui, dit Consuelo, j'arrive d'un long voyage...

— Certainement, ce serait abuser de son obligeance, et je ne lui demande rien, moi, reprit Wilhelmine. En présence des juges qui sont ici, et de M. Holzbaüer surtout, qui a la directon du théâtre impérial, il ne faut pas compromettre votre élève; prenez-y garde !

— La compromettre ! à quoi songez-vous? dit brusquement Porpora en haussant les épaules; je l'ai entendue ce matin, et je sais

si elle risque de se compromettre devant vos
Allemands!

Ce débat fut heureusement interrompu par
l'arrivée d'un nouveau personnage. Tout le
monde s'empressa pour lui faire accueil, et
Consuelo, qui avait vu et entendu à Venise,
dans son enfance, cet homme grêle, efféminé
de visage avec des manières rogues et une
tournure bravache, quoiqu'elle le retrouvât
vieilli, fané, enlaidi, frisé ridiculement et ha-
billé avec le mauvais goût d'un Céladon su-
ranné, reconnut à l'instant même, tant elle
en avait gardé un profond souvenir, l'incomparable, l'inimitable sopraniste Majorano, dit
Caffarelli ou plutôt Caffariello, comme on
l'appelle partout, excepté en France.

Il était impossible de voir un fat plus im-
pertinent que ce bon Caffariello. Les femmes
l'avaient gâté par leurs engouements, les
acclamations du public lui avaient fait tour-

ner la tête. Il avait été si beau, ou, pour
mieux dire, si joli dans sa jeunesse, qu'il
avait débuté en Italie dans les rôles de
femme; maintenant qu'il tirait sur la cinquantaine (il paraissait même beaucoup plus
vieux que son âge, comme la plupart des so-
pranistes), il était difficile de se le représenter en Didon, ou en Galathée, sans avoir
grande envie de rire. Pour racheter ce qu'il y
avait de bizarre dans sa personne, il se donnait de grands airs de matamore, et à tout
propos, élevait sa voix claire et douce, sans
pouvoir en changer la nature. Il y avait dans
toutes ces affectations, et dans cette exubé-
rance de vanité, un bon côté cependant. Caffariello sentait trop la supériorité de son talent pour être aimable; mais aussi il sentait
trop la dignité de son rôle d'artiste pour être
courtisan. Il tenait tête follement et crâne-
ment aux plus importants personnages, aux

souverains même, et pour cela il n'était point
aimé des plats adulateurs dont son impertinence faisait par trop la critique. Les vrais
amis de l'art lui pardonnaient tout, à cause
de son génie de virtuose, et malgré toutes les
lâchetés qu'on lui reprochait comme homme,
on était bien forcé de reconnaître qu'il y avait
dans sa vie des traits de courage et de générosité comme artiste.

Ce n'était point volontairement, et de propos délibéré, qu'il avait montré de la négli-
gence et une sorte d'ingratitude envers le
Porpora. Il se souvenait bien d'avoir étudié
huit ans avec lui, et d'avoir appris de lui tout
ce qu'il savait; mais il se souvenait encore
davantage du jour où son maître lui avait
dit : « A présent je n'ai plus rien à t'apprendre : *Va, figlio mio, tu sei il primo musico del
mondo.* » Et, de ce jour, Caffariello, qui était
effectivement (après Farinelli) le premier

chanteur du monde, avait cessé de s'inté-
resser à tout ce qui n'était pas lui-même.
« Puisque je suis le premier, s'était-il dit,
apparemment je suis le seul. Le monde a été
créé pour moi ; le ciel n'a donné le génie aux
poètes et aux compositeurs que pour faire
chanter Caffariello. Le Porpora n'a été le
premier maître de chant de l'univers que
parce qu'il était destiné à former Caffariello.
Maintenant l'œuvre du Porpora est finie, sa
mission est achevée, et pour la gloire, pour
le bonheur, pour l'immortalité du Porpora,
il suffit que Caffariello vive et chante. » —
Caffariello avait vécu et chanté, il était riche
et triomphant, le Porpora était pauvre et
délaissé ; mais Caffariello était fort tranquille,
et se disait qu'il avait amassé assez d'or et de
célébrité pour que son maître fût bien payé
d'avoir lancé dans le monde un prodige tel
que lui.

8

Caffariello, en entrant, salua fort peu tout
le monde, mais alla baiser tendrement et respectueusement la main de Wilhelmine :
après quoi, il accosta son directeur Holzbaüer
avec un air d'affabilité protectrice, et secoua
la main de son maître Porpora avec une fa-

miliarité insouciante. Partagé entre l'indignation que lui causaient ses manières et la
nécessité de le ménager (car en demandant
un opéra de lui au théâtre, et en se chargeant
du premier rôle, Caffariello pouvait rétablir
les affaires du Maestro), le Porpora se mit à
le complimenter et à le questionner sur les
triomphes qu'il venait d'avoir en France,
d'un ton de persifflage trop fin pour que sa fatuité ne prît pas le change. — La France?
répondit Caffariello; ne me parlez pas de la
France! c'est le pays de la petite musique,
des petits musiciens, des petits amateurs, et
des petits grands seigneurs. Imaginez un fa-
quin comme Louis XV, qui me fait remettre
par un de ses premiers gentilshommes, après
m'avoir entendu dans une demi-douzaine de
concerts spirituels, devinez quoi? une mauvaise tabatière!

— Mais en or, et garnie de diamants de

prix, sans doute? dit le Porpora en tirant avec ostentation la sienne qui n'était qu'en bois de figuier.

— Eh! sans doute, reprit le soprano; mais voyez l'impertinence! point de portrait! A moi, une simple tabatière, comme si j'avais besoin d'une boîte pour priser! Fi! quelle bourgeoisie royale! J'en ai été indigné.

— Et j'espère, dit le Porpora en remplissant de tabac son nez malin, que tu auras donné une bonne leçon à ce petit roi-là?

— Je n'y ai pas manqué, par le corps de Dieu! Monsieur, ai-je dit au premier gentilhomme en ouvrant un tiroir sous ses yeux éblouis; voilà trente tabatières, dont la plus chétive vaut trente fois celle que vous m'offrez; et vous voyez, en outre, que les autres souverains n'ont pas dédaigné de m'honorer de leurs miniatures. Dites cela au roi votre

maître. Caffariello n'est pas à court de tabatières, Dieu mer !

— Par le sang de Bacchus ! voilà un roi qui
a dû être bien penaud ! reprit le Porpora.

— Attendez ! ce n'est pas tout ! Le gentilhomme a eu l'insolence de me répondre qu'en
fait d'étrangers Sa Majesté ne donnait son
portrait qu'aux ambassadeurs !

— Oui-dà ! le paltoquet ! et qu'as-tu répondu ?

— Écoutez bien, Monsieur, ai-je dit ;
apprenez qu'avec tous les ambassadeurs du
monde on ne ferait pas un Caffariello !

— Belle et bonne réponse ! Ah ! que je
reconnais bien là mon Caffariello ! et tu n'as
pas accepté sa tabatière ?

— Non, pardieu ! répondit Caffariello en
tirant de sa poche, par préoccupation, une
tabatière d'or enrichie de brillants.

— Ce ne serait pas celle-ci, par hasard ?

dit le Porpora en regardant la boîte d'un air indifférent. Mais, dis-moi, as-tu vu là notre jeune princesse de Saxe? celle à qui j'ai mis pour la première fois les doigts sur le clavecin, à Dresde, alors que la reine de Pologne, sa mère, m'honorait de sa protection? C'était une aimable petite princesse!

— Marie-Joséphine?

— Oui, la grande dauphine de France.

— Si je l'ai vue? dans l'intimité! C'est une bien bonne personne. Ah! la bonne femme! Sur mon honneur, nous sommes les meilleurs amis du monde. Tiens! c'est elle qui m'a donné cela! Et il montra un énorme diamant qu'il avait au doigt.

— Mais on dit aussi qu'elle a ri aux éclats de ta réponse au roi sur son présent.

— Sans doute, elle a trouvé que j'avais fort bien répondu, et que le roi son beau-père avait agi avec moi comme un cuistre.

— Elle t'a dit cela, vraiment?

— Elle me l'a fait entendre, et m'a remis un passeport qu'elle avait fait signer par le roi lui-même.

Tous ceux qui écoutaient ce dialogue se détournèrent pour rire sous cape. Le Buononcini, en parlant des forfanteries de Caffariello en France, avait raconté, une heure auparavant, que la dauphine, en lui remettant ce passe-port, illustré de la griffe du maître, lui avait fait remarquer qu'il n'était valable que pour dix jours, ce qui équivalait clairement à un ordre de sortir du royaume dans le plus prompt délai.

Caffariello, craignant peut-être qu'on ne l'interrogeât sur cette circonstance, changea de conversation. Eh bien, Maestro! dit-il au Porpora, as-tu fait beaucoup d'élèves à Venise, dans ces derniers temps? En as-tu

produit quelques-uns qui te donnent de l'espérance!

— Ne m'en parle pas! répondit le Porpora. Depuis toi, le ciel a été avare, et mon
école stérile. Quand Dieu eut fait l'homme,
il se reposa. Depuis que le Porpora a fait le
Caffariello, il se croise les bras et s'ennuie.

—Bon maître! reprit Caffariello charmé du
compliment qu'il prit tout à fait en bonne
part, tu as trop d'indulgence pour moi. Mais
tu avais pourtant quelques élèves qui promet-
taient, quand je t'ai vu à la *Scuola dei Mendi-*
canti? Tu y avais déjà formé la petite Corilla
qui était goûtée du public; une belle créature, par ma foi!

— Une belle créature, rien de plus.

— Rien de plus, en vérité? demanda
M. Holzbaüer qui avait l'oreille au guet.

— Rien de plus, vous dis-je, répliqua le Porpora d'un ton d'autorité.

— Cela est bon à savoir, dit Holzbaüer en lui parlant à l'oreille. Elle est arrivée ici hier soir, assez malade à ce qu'on m'a dit : et pourtant, dès ce matin, j'ai reçu des propositions de sa part pour entrer au théâtre de la cour.

—Ce n'est pas ce qu'il vous faut, reprit le Porpora. Votre femme chante.. dix fois mieux qu'elle ! Il avait failli dire moins mal , mais il sut se retourner à temps. — Je vous remercie de votre avis, répondit le directeur.

— Eh quoi ! pas d'autre élève que la grosse Corilla ? reprit Gaffariello. Venise est à sec ? J'ai envie d'y aller le printemps prochain avec la Tesi.

— Pourquoi non ?

— Mais la Tesi est entichée de Dresde. Ne trouverai-je donc pas un chat pour miauler à Venise ? Je ne suis pas bien difficile, moi, et le public ne l'est pas, quand il a un primo-uomo de ma qualité pour *enlever* tout l'opéra. Une jolie voix, docile et intelligente, me suffirait pour les duos. Ah ! à propos, maître ! qu'as-tu fait d'une petite mauricaude que je t'ai vue ?

— J'ai enseigné beaucoup de mauricaudes.

— Oh ! celle-là avait une voix prodigieuse, et je me souviens que je t'ai dit en l'écoutant : Voilà un petit laideron qui ira loin ! je me suis même amusé à lui chanter quelque chose. Pauvre petite ! elle en a pleuré d'admiration.

— Ah ! ah ! dit Porpora en regardant Consuelo, qui devint rouge comme le nez du Maestro.

— Comment diable s'appelait-elle ? reprit Caffariello. Un nom bizarre... Allons, tu dois t'en souvenir, Maestro; elle était laide comme tous les diables.

— C'était moi, répondit Consuelo, qui surmonta avec franchise et bonhomie son embarras, pour venir saluer gaîment et respectueusement Caffariello.

Caffariello ne se déconcerta pas pour si peu.

— Vous? lui dit-il lestement en lui prenant la main. Vous mentez; car vous êtes une fort belle fille, et celle dont je parle...

— Oh! c'était bien moi! reprit Consuelo. Regardez-moi bien! Vous devez me reconnaître. C'est bien la même Consuelo!

— Consuelo! oui, c'était son diable de nom. Mais je ne vous reconnais pas du tout, et j'ai bien peur qu'on ne vous ait changée. Mon enfant, si, en acquérant de la beauté, vous avez perdu la voix et le talent que vous annonciez, vous auriez mieux fait de rester laide.

— Je veux que tu l'entendes! dit le Porpora qui brûlait du désir de produire son élève devant Holzbaüer. Et il poussa Consuelo au clavecin, un peu malgré elle ; car il y avait longtemps qu'elle n'avait affronté un auditoire savant, et elle ne s'était nullement préparée à chanter ce soir-là.

— Vous me mystifiez, disait Caffariello. Ce n'est pas la même que j'ai vue à Venise.

— Tu vas en juger, répondait le Porpora.

— En vérité, maître, c'est une cruauté de me faire chanter, quand j'ai encore cinquante lieues de poussière dans le gosier, dit Consuelo timidement.

— C'est égal, chante! répondit le Maestro.

— N'ayez pas peur de moi, mon enfant, dit Caffariello ; je sais l'indulgence qu'il faut avoir, et, pour vous ôter la peur, je vais chanter avec vous, si vous voulez.

— A cette condition-là, j'obéirai, répondit-elle ; et le bonheur que j'aurai de vous entendre m'empêchera de penser à moi-même.

— Que pouvons-nous chanter ensemble? dit Caffariello au Porpora. Choisis un duo, toi.

— Choisis toi-même, répondit-il. Il n'y a rien qu'elle ne puisse chanter avec toi.

— Eh bien donc! quelque chose de ta façon, je veux te faire plaisir aujourd'hui, Maestro ; et d'ailleurs je sais que la signora Wilhelmine a ici toute ta musique, reliée et dorée avec un luxe oriental.

— Oui, grommela Porpora entre ses dents, mes œuvres sont plus richement habillées que moi.

Caffariello prit les cahiers, feuilleta, et

choisit un duo de l'*Eumène*, opéra que le
Maestro avait écrit à Rome pour Farinelli. Il
chanta le premier solo avec cette grandeur,
cette perfection, cette *muestria*, qui faisaient
oublier en un instant tous ses ridicules
pour ne laisser de place qu'à l'admiration et à
l'enthousiasme. Consuelo se sentit ranimée
et vivifiée de toute la puissance de cet homme
extraordinaire, et chanta, à son tour, le solo
de femme, mieux peut-être qu'elle n'avait
chanté de sa vie. Caffariello n'attendit pas
qu'elle eût fini pour l'interrompre par des
explosions d'applaudissements. —Ah ! *cara !*
s'écria-t-il à plusieurs reprises : c'est à présent que je te reconnais. C'est bien l'enfant
merveilleux que j'avais remarqué à Venise :
mais à présent, *figlia mia*, tu es un prodige (*un portento*), c'est Caffariello qui te le
déclare.

La Wilhelmine fut un peu surprise, un peu

décontenancée, de retrouver Consuelo plus
puissante qu'à Venise. Malgré le plaisir d'avoir
les débuts d'un tel talent dans son salon à Vienne, elle ne se vit pas, sans un peu d'effroi et de
chagrin, réduite à ne plus oser chanter à ses
habitués, après une telle virtuose. Elle fit
pourtant grand bruit de son admiration.
Holzbaüer, toujours souriant dans sa cra-
vate, mais craignant de ne pas trouver dans
sa caisse assez d'argent pour payer un si
grand talent, garda, au milieu de ses louanges, une réserve diplomatique; le Buononcini déclara que Consuelo surpassait encore
madame Hasse et madame Cuzzoni. L'ambassadeur entra dans de tels transports, que la
Wilhelmine en fut effrayée, surtout quand
elle le vit ôter de son doigt un gros saphir
pour le passer à celui de Consuelo, qui n'o-
sait ni l'accepter ni le refuser. Le duo fut re-
demandé avec fureur; mais la porte s'ouvrit,

et le laquais annonça avec une respectueuse solennité M. le comte de Hoditz : tout le monde se leva par ce mouvement de respect instinctif que l'on porte, non au plus illustre, non au plus digne, mais au plus riche.

« Il faut que j'aie bien du malheur, pensa Consuelo, pour rencontrer ici d'emblée, et sans avoir eu le temps de parlementer, deux personnes qui m'ont vue en voyage avec Joseph, et qui ont pris sans doute une fausse idée de mes mœurs et de mes relations avec lui. N'importe, bon et honnête Joseph! au prix de toutes les calomnies que notre amitié pourra susciter, je ne la désavouerai jamais dans mon cœur ni dans mes paroles. »

Le comte Hoditz, tout chamarré d'or et de broderies, s'avança vers Wilhelmine, et, à la manière dont on baisait la main de cette femme entretenue, Consuelo comprit la différence qu'on faisait entre une telle maî-

tresse de maison et les fières patriciennes
qu'elle avait vues à Venise. On était plus galant, plus aimable et plus gai auprès de Wilhelmine ; mais on parlait plus vite, on mar-
chait moins légèrement, on croisait les jambes plus haut, on mettait le dos à la cheminée ;
enfin on était un autre homme que dans le
monde officiel. On paraissait se plaire davantage à ce sans-gêne ; mais il y avait au fond
quelque chose de blessant et de méprisant
que Consuelo sentit tout de suite, quoique
ce quelque chose, masqué par l'habitude du
grand monde et les égards qu'on devait à
l'ambassadeur, fût quasi imperceptible.

Le comte Hoditz était, entre tous, remarquable par cette fine nuance de laisser-aller
qui, loin de choquer Wilhelmine, lui semblait un hommage de plus. Consuelo n'en
souffrait que pour cette pauvre personne
dont la gloriole satisfaite lui paraissait misé-

rable. Quant à elle-même, elle n'en était pas
offensée; Zingarella, elle ne prétendait à
rien, et, n'exigeant pas seulement un regard,
elle ne se souciait guère d'être saluée deux
ou trois lignes plus haut ou plus bas. « Je
viens ici faire mon métier de chanteuse, se
disait-elle, et, pourvu que l'on m'approuve
quand j'ai fini, je ne demande qu'à me tenir
inaperçue dans un coin; mais cette femme,
qui mêle sa vanité à son amour (si tant est
qu'elle mêle un peu d'amour à toute cette vanité), combien elle rougirait si elle voyait le
dédain et l'ironie cachés sous des manières
si galantes et si complimenteuses! »

On la fit chanter encore; on la porta aux
nues, et elle partagea littéralement avec
Caffariello les honneurs de la soirée. A chaque instant elle s'attendait à se voir abordée
par le comte Hoditz, et à soutenir le feu de
quelque malicieux éloge. Mais, chose étrange!

le comte Hoditz ne s'approcha pas du clavecin, vers lequel elle affectait de se tenir tour-
née pour qu'il ne vît pas ses traits, et lorsqu'il se fut enquis de son nom et de son âge,
il ne parut pas avoir jamais entendu parler
d'elle. Le fait est qu'il n'avait pas reçu le billet imprudent que, dans son audace voyageuse, Consuelo lui avait adressé par la
femme du déserteur. Il avait, en outre, la
vue fort basse, et comme ce n'était pas alors
la mode de lorgner en plein salon, il distin-
guait très vaguement la pâle figure de la cantatrice. On s'étonnera peut-être que, mélo-
mane comme il se piquait d'être, il n'eût pas
la curiosité de voir de plus près une virtuose
si remarquable. Il faut qu'on se souvienne
que le seigneur morave n'aimait que sa propre musique, sa propre méthode et ses propres chanteurs. Les grands talents ne lui in-
spiraient aucun intérêt et aucune sympathie;

il aimait à rabaisser dans son estime leurs exigences et leurs prétentions. Et, lorsqu'on lui disait que la Faustina Bordoni gagnait à Londres 50,000 francs par an, et Farinelli 150,000 francs, il haussait les épaules et disait qu'il avait pour 500 francs de gages, à son théâtre de Roswald, en Moravie, des chanteurs formés par lui qui valaient bien Farinelli, Faustina, et M. Caffariello par dessus le marché.

Les grands airs de ce dernier lui étaient particulièrement antipathiques et insupportables, par la raison que, dans sa sphère, M. le comte Hoditz avait les mêmes travers et les mêmes ridicules. Si les vantards déplaisent aux gens modestes et sages, c'est aux vantards surtout qu'ils inspirent le plus d'aversion et de dégoût. Tout vaniteux déteste son pareil, et raille en lui le vice qu'il porte en lui-même. Pendant qu'on écoutait

le chant de Caffariello, personne ne songeait
à la fortune et au dilettantisme du comte
Hoditz. Pendant que Caffariello débitait ses
hâbleries, le comte Hoditz ne pouvait trouver
place pour les siennes; enfin ils se gênaient
l'un l'autre. Aucun salon n'était assez vaste,
aucun auditoire assez attentif, pour contenir
et contenter deux hommes dévorés d'une
telle *approbativité* (style phrénologique de nos
jours).

Une troisième raison empêcha le comte
Hoditz d'aller regarder et reconnaître son
Bertoni de Passaw : c'est qu'il ne l'avait presque pas regardé à Passaw, et qu'il eût eu
bien de la peine à le reconnaître ainsi
transformé. Il avait vu une petite fille *assez
bien faite*, comme on disait alors pour exprimer une personne passable; il avait entendu
une jolie voix fraîche et facile; il avait pressenti une intelligence assez éducable; il n'a-

vait senti et deviné rien de plus, et il ne lui
fallait rien de plus pour son théâtre de
Roswald. Riche, il était habitué à acheter
sans trop d'examen et sans débat parcimo-
nieux tout ce qui se trouvait à sa convenance.
Il avait voulu acheter le talent et la personne
de Consuelo comme nous achetons un couteau
à Châtellerault et de la verroterie à Venise.
Le marché ne s'était pas conclu, et, comme il
n'avait pas eu un instant d'amour pour elle,
il n'avait pas eu un instant de regret. Le dépit avait bien un peu troublé la sérénité de
son réveil à Passaw ; mais les gens qui s'esti-
ment beaucoup ne souffrent pas longtemps
d'un échec de ce genre. Ils l'oublient vite ; le
monde n'est-il pas à eux, surtout quand ils
sont riches ? Une aventure manquée, cent de
retrouvées ! s'était dit le noble comte. Il
chuchota avec la Wilhelmine durant le dernier morceau que chanta Consuelo, et, s'a-

percevant que le Porpora lui lançait des regards furieux, il sortit bientôt sans avoir
trouvé aucun plaisir parmi ces musiciens pé-
dants et mal appris.

9

Le premier mouvement de Consuelo, en rentrant dans sa chambre, fut d'écrire à Albert ; mais elle s'aperçut bientôt que cela n'était pas aussi facile à faire qu'elle se l'était imaginé. Dans un premier brouillon, elle commençait à lui raconter tous les incidents

de son voyage, lorsque la crainte lui vint de
l'émouvoir trop violemment par la peinture
des fatigues et des dangers qu'elle lui mettait sous les yeux. Elle se rappelait l'espèce
de fureur délirante qui s'était emparée de
lui lorsqu'elle lui avait raconté dans le sou-
terrain les terreurs qu'elle venait d'affronter
pour arriver jusqu'à lui. Elle déchira donc
cette lettre, et, pensant qu'à une âme aussi
profonde et à une organisation aussi impres-
sionnable il fallait la manifestation d'une
idée dominante et d'un sentiment unique,
elle résolut de lui épargner tout le détail
émouvant de la réalité pour ne lui exprimer,
en peu de mots, que l'affection promise et la
fidélité jurée. Mais ce peu de mots ne pouvait
être vague; s'il n'était pas complètement af-
firmatif, il ferait naître des angoisses et des
craintes affreuses. Comment pouvait-elle affirmer qu'elle avait enfin reconnu en elle-

même l'existence de cet amour absolu et de cette résolution inébranlable dont Albert avait besoin pour exister en l'attendant? La sincérité, l'honneur de Consuelo ne pouvaient se plier à une demi vérité. En interrogeant sévèrement son cœur et sa conscience, elle y trouvait bien la force et le calme de la victoire remportée sur Anzoleto. Elle y trouvait bien aussi, au point de vue de l'amour et de l'enthousiasme, la plus complète indifférence pour tout autre homme qu'Albert; mais cette sorte d'amour, mais cet enthousiasme sérieux qu'elle avait pour lui seul, c'était toujours le même sentiment qu'elle avait éprouvé auprès de lui. Il ne suffisait pas que le souvenir d'Anzoleto fût vaincu, que sa présence fût écartée, pour que le comte Abert devînt l'objet d'une passion violente dans le cœur de cette jeune fille. Il ne dépendait pas d'elle de se rappeler sans effroi la maladie

mentale du pauvre Albert, la triste solennité
du château des Géants, les répugnances aris-
tocratiques de la chanoinesse, le meurtre de
Zdenko, la grotte lugubre de Schreekenstein,
enfin toute cette vie sombre et bizarre qu'elle
avait comme rêvée en Bohême; car, après
avoir humé le grand air du vagabondage sur
les cimes du Bœhmerwald, et en se retrouvant en pleine musique auprès du Porpora,
Consuelo ne se représentait déjà plus la
Bohême que comme un cauchemar. Quoiqu'elle eût résisté aux sauvages aphorismes
artistiques du Porpora, elle se voyait retom-
bée dans une existence si bien appropriée à
son éducation, à ses facultés, et à ses habitudes d'esprit, qu'elle ne concevait plus la
possibilité de se transformer en châtelaine de
Riesenburg.

Que pouvait-elle donc annoncer à Albert?
que pouvait-elle lui promettre et lui affirmer

de nouveau? N'était-elle pas dans les mêmes irrésolutions, dans le même effroi qu'à son départ du château ? Si elle était venue se réfugier à Vienne plutôt qu'ailleurs, c'est qu'elle y était sous la protection de la seule autorité légitime qu'elle eût à reconnaître dans sa vie. Le Porpora était son bienfaiteur, son père, son appui et son maître dans l'acception la plus religieuse du mot. Près de lui, elle ne se sentait plus orpheline, et elle ne se reconnaissait plus le droit de disposer d'elle-même, suivant la seule inspiration de son cœur ou de sa raison. Or, le Porpora blâmait, raillait et repoussait avec énergie l'idée d'un mariage qu'il regardait comme le meurtre d'un génie, comme l'immolation d'une grande destinée à la fantaisie d'un dévouement romanesque. A Riesenburg aussi, il y avait un vieillard généreux, noble et tendre, qui s'offrait pour père à Consuelo ; mais change-t-on de père suivant les besoins de sa situation? Et quand le Porpora disait *non*, Consuelo pouvait-elle accepter le *oui* du comte Christian?

Cela ne se devait ni ne se pouvait, et il fallait attendre ce que prononcerait le Porpora lorsqu'il aurait mieux examiné les faits et les sentiments. Mais, en attendant cette confirmation ou cette transformation de son jugement, que dire au malheureux Albert pour lui faire prendre patience en lui laissant l'espoir? Avouer la première bourrasque de mécontentement du Porpora, c'était bouleverser toute la sécurité d'Albert; la lui cacher, c'était le tromper, et Consuelo ne voulait pas dissimuler avec lui. La vie de ce noble jeune homme eût-elle dépendu d'un mensonge, Consuelo n'eût pas fait ce mensonge. Il est des êtres qu'on respecte trop pour les tromper, même en les sauvant.

Elle recommença donc, et déchira vingt commencements de lettre, sans pouvoir se décider à en continuer une seule. De quelque façon qu'elle s'y prît, au troisième mot, elle tombait toujours dans une assertion téméraire ou dans une dubitation qui pouvait avoir de funestes effets. Elle se mit au lit, accablée de lassitude, de chagrin et d'anxiétés, et elle y souffrit longtemps du froid et de l'insomnie, sans pouvoir s'arrêter à aucune résolution, à aucune conception nette de son avenir et de sa destinée. Elle finit par s'endormir, et resta assez tard au lit, pour que le Porpora, qui était fort matinal, fût déjà sorti pour ses courses. Elle trouva Haydn occupé, comme la veille, à brosser les habits et à ranger les meubles de son nouveau maître.

— Allons donc, belle dormeuse, s'écria-t-il en voyant enfin paraître son amie, je me meurs d'ennui, de tristesse, et de peur surtout, quand je ne vous vois pas, comme un ange gardien, entre ce terrible professeur et moi. Il me semble qu'il va toujours pénétrer mes intentions, déjouer le complot et m'enfermer dans son vieux clavecin, pour m'y faire périr d'une suffocation harmonique. Il me fait dresser les cheveux sur la tête, ton Porpora ; et je ne peux pas me persuader que ce ne soit pas un vieux diable italien, le Satan de ce pays-là étant reconnu beaucoup plus méchant et plus fin que le nôtre. — Rassure-toi, ami, répondit Consuelo ; notre maître n'est que malheureux ; il n'est pas méchant. Commençons par mettre tous nos soins à lui donner un peu de bonheur, et nous le verrons s'adoucir et revenir à son vrai caractère. Dans mon enfance, je l'ai vu cordial et enjoué ; on le citait pour la finesse et la gaîté de ses reparties : c'est qu'alors il avait des succès, des amis et de l'espérance. Si tu l'a-

vais connu à l'époque où l'on chantait son
Poliféme au théâtre de San-Mose, lorsqu'il me
faisait entrer avec lui sur le théâtre, et me
mettait dans la coulisse d'où je pouvais voir
le dos des comparses et la tête du géant!
Comme tout cela me semblait beau et terrible, de mon petit coin! Accroupie derrière
un rocher de carton, ou grimpée sur une
échelle à quinquets, je respirais à peine ; et,
malgré moi, je faisais, avec ma tête et mes
petits bras, tous les gestes, tous les mouvements que je voyais faire aux acteurs. Et
quand le maître était rappelé sur la scène
et forcé, par les cris du parterre, à repasser
sept fois devant le rideau, le long de la rampe,
je me figurais que c'était un dieu : c'est qu'il
était fier, il était beau d'orgueil et d'effusion
de cœur, dans ces moments-là! Hélas! il
n'est pas encore bien vieux, et le voilà si
changé, si abattu! Voyons, Beppo, mettons-

nous à l'œuvre, pour qu'en rentrant il retrouve son pauvre logis un peu plus agréable qu'il ne l'a laissé. D'abord je vais faire l'inspection de ses nippes, afin de voir ce qui lui manque.

— Ce qui lui manque sera un peu long à compter, et ce qu'il a très court à voir, répondit Joseph ; car je ne sache que ma garde-robe qui soit plus pauvre et en plus mauvais état.

— Eh bien ! je m'occuperai aussi de remonter la tienne ; car je suis ton débiteur, Joseph ; tu m'as nourrie et vêtue tout le long du voyage. Songeons d'abord au Porpora. Ouvre-moi cette armoire. Quoi ! un seul habit ? celui qu'il avait hier soir chez l'ambassadeur ?

— Hélas ! oui ! un habit marron à boutons d'acier taillés, et pas très frais encore ! L'autre habit, qui est mûr et délabré à faire pitié, il l'a mis pour sortir ; et quant à sa robe de chambre, je ne sais si elle a jamais existé ; mais je la cherche en vain depuis une heure.

Consuelo et Joseph s'étant mis à fureter partout, reconnurent que la robe de chambre du Porpora était une chimère de leur imagination, de même que son *par-dessus* et son manchon. Compte fait des chemises, il n'y en avait que trois en haillons ; les manchettes tombaient en ruines, et ainsi du reste. — Joseph, dit Consuelo, voilà une belle bague qu'on m'a donnée hier soir en paiement de mes chansons ; je ne veux pas la vendre, cela attirerait l'attention sur moi, et indisposerait peut-être contre ma cupidité les gens qui m'en ont gratifiée. Mais je puis la mettre en gage, et me faire prêter dessus l'argent qui nous est nécessaire. Keller est honnête et intelligent : il saura bien évaluer ce bijou, et connaîtra certainement quelque usurier qui, en le prenant en dépôt, m'avancera une bonne somme. Va vite et reviens.

— Ce sera bientôt fait, répondit Joseph. Il y a une espèce de bijoutier israélite dans la maison de Keller, et ce dernier étant pour ces sortes d'affaires secrètes le factotum de plus d'une belle dame, il vous fera compter de l'argent d'ici à une heure; mais je ne veux rien pour moi, entendez-vous, Consuelo! Vous-même, dont l'équipage a fait toute la route sur mon épaule, vous avez grand besoin de toilette, et vous serez forcée de paraître demain, ce soir peut-être, avec une robe un peu moins fripée que celle-ci.

— Nous réglerons nos comptes plus tard, et comme je l'entendrai, Beppo. N'ayant pas refusé tes services, j'ai le droit d'exiger que tu ne refuses pas les miens. Allons! cours chez Keller.

Au bout d'une heure, en effet, Haydn revint avec Keller et 1,500 florins; Consuelo lui ayant expliqué ses intentions, Keller ressortit et ramena bientôt un tailleur de ses amis, habile et expéditif, qui, ayant pris la mesure de l'habit du Porpora et des autres pièces de son habillement, s'engagea à rapporter dans peu de jours deux autres habillements complets, une bonne robe de chambre ouatée, et même du linge et d'autres objets nécessaires à la toilette, qu'il se chargea de commander à des ouvrières *recommandables.*

— Maintenant, dit Consuelo à Keller quand le tailleur fut parti, il me faut le plus grand secret sur tout ceci. Mon maître est aussi fier qu'il est pauvre, et certainement il jetterait mes pauvres dons par la fenêtre s'il soupçonnait seulement qu'ils viennent de moi.

— Comment ferez-vous donc, signora,

observa Joseph, pour lui faire endosser ses habits neufs et abandonner les vieux sans qu'il s'en aperçoive?

— Oh! je le connais, et je vous réponds qu'il ne s'en apercevra pas. Je sais comment il faut s'y prendre!

— Eh! maintenant, signora, reprit Joseph, qui, hors du tête-à-tête, avait le bon goût de parler très cérémonieusement à son amie, pour ne pas donner une fausse opinion de la nature de leur amitié, ne penserez-vous pas aussi à vous-même? Vous n'avez presque rien apporté avec vous de la Bohême, et vos habits, d'ailleurs, ne sont pas à la mode de ce pays-ci.

— J'allais oublier cette importante affaire! Il faut que le bon M. Keller soit mon conseil et mon guide.

— Oui-dà! reprit Keller, je m'y entends, et si je ne vous fais pas confectionner une toilette du meilleur goût, dites que je suis un ignorant et un présomptueux.

— Je m'en remets à vous, bon Keller, seulement je vous avertis, en général, que j'ai l'humeur simple, et que les choses voyantes, les couleurs tranchées, ne conviennent ni à ma pâleur habituelle ni à mes goûts tranquilles.

— Vous me faites injure, signora, en présumant que j'aie besoin de cet avis. Ne sais-je pas, par état, les couleurs qu'il faut assortir aux physionomies, et ne vois-je pas dans la vôtre l'expression de votre naturel? Soyez tranquille, vous serez contente de moi, et bientôt vous pourrez paraître à la cour, si bon vous semble, sans cesser d'être modeste et simple comme vous voilà. Orner la personne, et non point la changer, tel est l'art du coiffeur et celui du costumier.

— Encore un mot à l'oreille, cher mon-

sieur Keller, dit Consuelo en éloignant le
perruquier de Joseph. Vous allez aussi faire
habiller de neuf maître Haydn des pieds à la
tête, et, avec le reste de l'argent, vous offri-
rez de ma part à votre fille une belle robe
de soie pour le jour de ses noces avec lui.
J'espère qu'elles ne tarderont pas; car si
j'ai du succès ici, je pourrai être utile à notre
ami et l'aider à se faire connaître. Il a du talent, beaucoup de talent, soyez-en certain.

— En a-t-il réellement, signora? Je suis
heureux de ce que vous me dites; je m'en
étais toujours douté. Que dis-je? j'en étais
certain dès le premier jour où je l'ai remarqué, tout petit enfant de chœur, à la maîtrise.

— C'est un noble garçon, reprit Consuelo,
et vous serez récompensé par sa reconnaissance et sa loyauté de ce que vous avez fait

pour lui ; car vous aussi , Keller, je le sais,
vous êtes un digne homme et un noble
cœur..... Maintenant, dites-nous, ajouta-t-
elle en se rapprochant de Joseph avec Keller,
si vous avez fait déjà ce dont nous étions
convenus à l'égard des protecteurs de Joseph.
L'idée était venue de vous : l'avez-vous
mise à exécution ?

— Si je l'ai fait, signora ? répondit Keller.
Dire et faire sont tout un pour votre serviteur. En allant accommoder mes pratiques ce
matin, j'ai averti d'abord monseigneur l'ambassadeur de Venise (je n'ai pas l'honneur
de le coiffer en personne, mais je frise
M. son secrétaire), ensuite M. l'abbé de Métastase, dont je fais la barbe tous les matins,
et mademoiselle Marianne Martinez, sa pu-
pille, dont la tête est également dans mes
mains. Elle demeure, ainsi que lui, dans ma
maison... c'est-à-dire que je demeure dans

leur maison : n'importe! Enfin j'ai pénétré
chez deux ou trois autres personnes qui con-
naissent également la figure de Joseph, et
qu'il est exposé à rencontrer chez maître
Porpora. Celles dont je n'avais pas la prati-
que, je les abordais sous un prétexte quel-
conque : « J'ai ouï dire que madame la
baronne faisait chercher chez mes confrères de la véritable graisse d'ours pour les
cheveux, et je m'empresse de lui en apporter que je garantis. Je l'offre gratis comme
échantillon aux personnes du grand monde,
et ne leur demande que leur clientèle pour
cette fourniture si elles en sont satisfaites. »
Ou bien : « Voici un livre d'église qui a été
trouvé à Saint-Étienne, dimanche dernier,
et comme je coiffe la cathédrale (c'est-à-dire
la maîtrise de la cathédrale), j'ai été chargé
de demander à Votre Excellence si ce livre
ne lui appartient pas. » C'était un vieux bou-

quin de cuir doré et armorié, que j'avais
pris dans le banc de quelque chanoine pour
le présenter, sachant bien que personne ne
le réclamerait. Enfin, quand j'avais réussi à
me faire écouter un instant sous un prétexte
ou sous un autre, je me mettais à babiller
avec l'aisance et l'esprit que l'on tolère chez
les gens de ma profession. Je disais, par
exemple : « J'ai beaucoup entendu parler de
Votre Seigneurie à un habile musicien de
mes amis, Joseph Haydn ; c'est ce qui m'a
donné l'assurance de me présenter dans la
respectable maison de Votre Seigneurie. —
Comment, me disait-on, le petit Joseph? Un
charmant talent, un jeune homme qui promet beaucoup. — Ah! vraiment, répondais-je alors tout content de venir au fait,
Votre Seigneurie doit s'amuser de ce qui
lui arrive de singulier et d'avantageux dans
ce moment-ci. — Que lui arrive-t-il donc?

Je l'ignore absolument. — Eh! il n'y a rien
de plus comique et de plus intéressant à la
fois. Il s'est fait valet de chambre. — Comment, lui, valet? Fi! quelle dégradation!
quel malheur pour un pareil talent! Il est
donc bien misérable? Je veux le secourir. —
Il ne s'agit pas de cela, Seigneurie, répondais-je ; c'est l'amour de l'art qui lui a fait
prendre cette singulière résolution. Il voulait à toute force avoir des leçons de l'illustre
maître Porpora... — Ah! oui, je sais cela,
et le Porpora refusait de l'entendre et de
l'admettre. C'est un homme de génie bien
quinteux et bien morose. — C'est un grand
homme, un grand cœur, répondais-je conformément aux intentions de la signora Consuelo, qui ne veut pas que son maître soit
raillé et blâmé dans tout ceci. Soyez sûr,
ajoutais-je, qu'il reconnaîtra bientôt la grande
capacité du petit Haydn, et qu'il lui donnera

tous ses soins : mais, pour ne pas irriter sa
mélancolie, et pour s'introduire auprès de
lui sans l'effaroucher, Joseph n'a rien trouvé
de plus ingénieux que d'entrer à son service
comme valet, et de feindre la plus complète ignorance en musique. — L'idée est
touchante, charmante, me répondait-on
tout attendri ; c'est l'héroïsme d'un véritable
artiste ; mais il faut qu'il se dépêche d'obtenir les bonnes grâces du Porpora avant qu'il
soit reconnu et signalé à ce dernier comme
un artiste déjà remarquable ; car le jeune
Haydn est déjà aimé et protégé de quelques
personnes, lesquelles fréquentent précisément ce Porpora. — Ces personnes, disais-je
alors d'un air insinuant, sont trop généreuses, trop grandes pour ne pas garder à Joseph son petit secret tant qu'il sera nécessaire, et pour ne pas feindre un peu avec le
Porpora afin de lui conserver sa confiance.

— Oh ! s'écriait-on alors, ce ne sera certainement pas moi qui trahirai le bon, l'habile musicien Joseph ! vous pouvez lui en donner ma parole, et défense sera faite à mes gens de laisser échapper un mot imprudent aux oreilles du maestro. » Alors on me renvoyait avec un petit présent ou une commande de graisse d'ours, et, quant à M. le secrétaire d'ambassade, il s'est vivement intéressé à l'aventure et m'a promis d'en régaler monseigneur Corner à son déjeûner, afin que lui, qui aime Joseph particulièrement, se tienne tout le premier sur ses gardes vis à vis du Porpora. Voilà ma mission diplomatique remplie. Êtes-vous contente, signora ?

— Si j'étais reine, je vous nommerais ambassadeur sur-le-champ, répondit Consuelo. Mais j'aperçois dans la rue le maître qui revient. Sauvez-vous, cher Keller, qu'il ne vous voie pas !

— Et pourquoi me sauverais-je, signora ?
Je vais me mettre à vous coiffer, et vous
serez censée avoir envoyé chercher le premier perruquier venu par votre valet Joseph.

— Il a plus d'esprit cent fois que nous, dit
Consuelo à Joseph; et elle abandonna sa
noire chevelure aux mains légères de Keller,
tandis que Joseph reprenait son plumeau et
son tablier, et que le Porpora montait pesamment l'escalier en fredonnant une phrase
de son futur opéra.

10

Comme il était naturellement fort distrait,
le Porpora, en embrassant au front sa fille
adoptive, ne remarqua pas seulement Keller
qui la tenait par les cheveux, et se mit à
chercher dans sa musique le fragment écrit
de la phrase qui lui trottait par la cervelle.

Ce fut en voyant ses papiers, ordinairement épars sur le clavecin dans un désordre incomparable, rangés en piles symétriques, qu'il sortit de sa préoccupation en s'écriant :

— Malheureux drôle! il s'est permis de toucher à mes manuscrits. Voilà bien les valets! Ils croient ranger quand ils entassent! J'avais bien besoin, ma foi, de prendre un valet! Voilà le commencement de mon supplice.

— Pardonnez-lui, maître, répondit Consuelo; votre musique était dans le chaos...

— Je me reconnaissais dans ce chaos! je pouvais me lever la nuit et prendre à tâtons dans l'obscurité n'importe quel passage de mon opéra; à présent je ne sais plus rien, je suis perdu ; j'en ai pour un mois avant de me reconnaître.

— Non, maître, vous allez vous y retrouver tout de suite. C'est moi qui ai fait la faute d'ailleurs, et quoique les pages ne fussent pas numérotées, je crois avoir mis chaque feuillet à sa place. Regardez! je suis sûre que vous lirez plus aisément dans le cahier que j'en ai fait, que dans toutes ces feuilles volantes, qu'un coup de vent pouvait emporter par la fenêtre.

— Un coup de vent! prends-tu ma chambre pour les lagunes Fusine?

— Sinon un coup de vent, du moins un coup de plumeau, un coup de balai.

— Eh! qu'y avait-il besoin de balayer et d'épousseter ma chambre? Il y a quinze jours que je l'habite, et je n'ai permis à personne d'y entrer.

— Je m'en suis bien aperçu, pensa Joseph.

— Eh bien, maître, il faut que vous me permettiez de changer cette habitude. Il est

malsain de dormir dans une chambre qui
n'est pas aérée et nettoyée tous les jours. Je
me chargerai de rétablir méthodiquement
chaque jour le désordre que vous aimez,
après que Beppo aura balayé et rangé.

— Beppo! Beppo! qu'est-ce que cela? Je
ne connais pas Beppo.

— Beppo, c'est lui, dit Consuelo en montrant Joseph. Il avait un nom si dur à pronon-
cer, que vous en auriez eu les oreilles déchi-
rées à chaque instant. Je lui ai donné le
premier nom vénitien qui m'est venu. Beppo
est bien; c'est court; cela peut se chanter.

— Comme tu voudras! répondit le Porpora qui commençait à se radoucir en feuil-
letant son opéra, et en le retrouvant parfaitement réuni et cousu en un seul livre.

— Convenez, maître, dit Consuelo en le
voyant sourire, que c'est plus commode
ainsi.

— Ah! tu veux toujours avoir raison, toi, reprit le Maestro ; tu seras opiniâtre toute ta vie.

— Maître, avez-vous déjeûné? reprit Consuelo que Keller venait de rendre à la liberté.

— As-tu déjeûné toi-même? répondit Porpora avec un mélange d'impatience et de sollicitude.

— J'ai déjeûné. Et vous, maître?

— Et ce garçon, ce... Beppo, a-t-il mangé quelque chose?

— Il a déjeûné. Et vous, maître?

— Vous avez donc trouvé quelque chose ici? Je ne me souviens pas si j'avais quelques provisions.

— Nous avons très bien déjeûné. Et vous, maître?

— Et vous, maître! et vous, maître! Vas au

diable avec tes questions. Qu'est-ce que cela
te fait?

— Maître, tu n'as pas déjeûné ! reprit Consuelo, qui se permettait quelquefois de tu-
toyer le Porpora avec la familiarité vénitienne.

— Ah! je vois bien que le diable est entré
dans ma maison. Elle ne me laissera pas
tranquille! Allons, viens ici, et chante-moi
cette phrase. Attention, je te prie.

Consuelo s'approcha du clavecin et chanta
la phrase, tandis que Keller, qui était un dilettante renforcé, restait à l'autre bout de la
chambre, le peigne à la main et la bouche entr'ouverte. Le Maestro, qui n'était pas content de sa phrase, se la fit répéter trente fois
de suite, tantôt faisant appuyer sur certaines
notes, tantôt sur certaines autres, cherchant
la nuance qu'il rêvait avec une obstination
que pouvaient seule égaler la patience et la

soumission de Consuelo. Pendant ce temps, Joseph, sur un signe de cette dernière, avait été chercher le chocolat qu'elle avait préparé elle-même pendant les courses de Keller. Il l'apporta, et, devinant les intentions de son amie, il le posa doucement sur le pupitre sans éveiller l'attention du maître, qui, au bout d'un instant, le prit machinalement, le versa dans la tasse, et l'avala avec grand appétit. Une seconde tasse fut apportée et avalée de même avec renfort de pain et de beurre, et Consuelo, qui était un peu taquine, lui dit en le voyant manger avec plaisir :

— Je le savais bien, maître, que tu n'avais pas déjeûné.

— C'est vrai ! répondit-il sans humeur; je crois que je l'avais oublié; cela m'arrive souvent quand je compose, et je ne m'en aperçois que dans la journée, quand j'éprouve des tiraillements d'estomac et des spasmes.

— Et alors, tu bois de l'eau-de-vie, maître ?

— Qui t'a dit cela, petite sotte ?

— J'ai trouvé la bouteille.

— Eh bien, que t'importe ? Ne vas-tu pas m'interdire l'eau-de-vie ?

— Oui, je te l'interdirai ! tu étais sobre à Venise, et tu te portais bien.

— Cela, c'est la vérité, dit le Porpora avec tristesse. Il me semblait que tout allait au plus mal, et qu'ici tout irait mieux. Cependant tout va de mal en pis pour moi. La fortune, la santé, les idées... tout ! Et il pencha sa tête dans ses mains.

— Veux-tu que je te dise pourquoi tu as de la peine à travailler ici ? reprit Consuelo qui voulait le distraire, par des choses de détail, de l'idée de découragement qui le domi-

nait. C'est que tu n'as pas ton bon café à la
vénitienne, qui donne tant de force et de
gaîté. Tu veux t'exciter à la manière des Allemands, avec de la bière et des liqueurs ;
cela ne te va pas.

— Ah ! c'est encore la vérité ; mon bon café
de Venise ! c'était une source intarissable de
bons mots et de grandes idées. C'était le génie, c'était l'esprit, qui coulaient dans mes
veines avec une douce chaleur. Tout ce qu'on
boit ici rend triste ou fou.

— Eh bien, maître, prends ton café !

— Ici ? du café ? je n'en veux pas. Cela fait
trop d'embarras. Il faut du feu, une servante,
une vaisselle qu'on lave, qu'on remue, qu'on
casse avec un bruit discordant au milieu
d'une combinaison harmonique ! Non, pas de
tout cela ! Ma bouteille, par terre, entre mes
jambes ; c'est plus commode, c'est plus tôt
fait.

— Cela se casse aussi. Je l'ai cassée ce matin, en voulant la mettre dans l'armoire.

— Tu m'as cassé ma bouteille ! je ne sais à quoi tient, petite laide, que je ne te casse ma canne sur les épaules.

— Bah ! il y a quinze ans que vous me dites cela, et vous ne m'avez pas encore donné une chiquenaude ! je n'ai pas peur du tout.

— Babillarde ! chanteras-tu ? me tireras-tu de cette phrase maudite ? Je parie que tu ne la sais pas encore, tant tu es distraite ce matin.

— Vous allez voir si je ne la sais pas par cœur, dit Consuelo en fermant le cahier brusquement. Et elle la chanta comme elle la concevait, c'est-à-dire autrement que le Porpora. Connaissant son humeur, bien qu'elle eût compris, dès le premier essai,

qu'il s'était embrouillé dans son idée, et qu'à
force de la travailler il en avait dénaturé
le sentiment, elle n'avait pas voulu se permettre de lui donner un conseil. Il l'eût re-
jeté par esprit de contradiction : mais en lui
chantant cette phrase à sa propre manière,
tout en feignant de faire une erreur de mémoire, elle était bien sûre qu'il en serait
frappé. A peine l'eut-il entendue, qu'il bon-
dit sur sa chaise en frappant dans ses deux
mains et en s'écriant : — La voilà ! la voilà !
voilà ce que je voulais, et ce que je ne pouvais pas trouver ! Comment diable cela t'est-
il venu ?

— Est-ce que ce n'est pas ce que vous
avez écrit ! ou bien est-ce que le hasard ?...
Si fait, c'est votre phrase.

— Non, c'est la tienne, fourbe ! s'écria le
Porpora qui était la candeur même, et qui,
malgré son amour maladif et immodéré de

la gloire, n'eut jamais rien fardé par vanité ;
c'est toi qui l'as trouvée ! répète-la-moi. Elle
est bonne, et j'en fais mon profit.

Consuelo recommença plusieurs fois , et
le Porpora écrivit sous sa dictée ; puis il
pressa son élève sur son cœur en disant :
— Tu es le diable ! J'ai toujours pensé que
tu étais le diable !

— Un bon diable, croyez-moi, maître,
répondit Consuelo en souriant.

Le Porpora, transporté de joie d'avoir sa
phrase, après une matinée entière d'agita-
tions stériles et de tortures musicales, chercha par terre machinalement le goulot de sa
bouteille, et, ne le trouvant pas, il se remit
à tâtonner sur le pupitre, et avala au hasard
ce qui s'y trouvait. C'était du café exquis, que
Consuelo lui avait savamment et patiem-
ment préparé en même temps que le chocolat, et que Joseph venait d'apporter tout

brûlant, à un nouveau signe de son amie.

— O nectar des dieux ! ô ami des musiciens !
s'écria le Porpora en le savourant : quel est
l'ange, quelle est la fée qui t'a apporté de
Venise sous son aile?

— C'est le diable, répondit Consuelo.

— Tu es un ange et une fée, ma pauvre
enfant, dit le Porpora avec douceur en re-
tombant sur son pupitre. Je vois bien que tu
m'aimes, que tu me soignes, que tu veux
me rendre heureux ! Jusqu'à ce pauvre garçon, qui s'intéresse à mon sort ! ajouta-t-il
en apercevant Joseph qui, debout au seuil de
l'anti chambre, le regardait avec des yeux
humides et brillants. Ah! mes pauvres enfants ! vous voulez adoucir une vie bien dé-
plorable ! Imprudents ! vous ne savez pas ce
que vous faites. Je suis voué à la désolation,
et quelques jours de sympathie et de bien-
être me feront sentir plus vivement l'horreur

de ma destinée, quand ces beaux jours seront envolés!

— Je ne te quitterai jamais, je serai toujours ta fille et ta servante, dit Consuelo en lui jetant ses bras autour du cou. Le Porpora enfonça sa tête chauve dans son cahier et fondit en larmes. Consuelo et Joseph pleuraient aussi, et Keller, que la passion de la musique avait retenu jusque-là, et qui, pour motiver sa présence, s'occupait à arranger la perruque du maître dans l'antichambre, voyant, par la porte entr'ouverte, le tableau respectable et déchirant de sa douleur, la piété filiale de Consuelo, et l'enthousiasme qui commençait à faire battre le cœur de Joseph pour l'illustre vieillard, laissa tomber son peigne, et, prenant la perruque du Porpora pour un mouchoir, il la porta à ses yeux, plongé qu'il était dans une sainte distraction.

Pendant quelques jours, Consuelo fut retenue à la maison par un rhume. Elle avait
bravé, pendant ce long et aventureux voyage,
toutes les intempéries de l'air, tous les caprices de l'automne, tantôt brûlant, tantôt
pluvieux et froid, suivant les régions diverses
qu'elle avait traversées. Vêtue à la légère,
coiffée d'un chapeau de paille, n'ayant ni
manteau ni habits de rechange lorsqu'elle
était mouillée, elle n'avait pourtant pas eu
le plus léger enrouement. A peine fut-elle
claquemurée dans ce logement sombre, hu-
mide et mal aéré du Porpora, qu'elle sentit
le froid et le malaise paralyser son énergie
et sa voix. Le Porpora eut beaucoup d'humeur de ce contre-temps. Il savait que pour
obtenir à son élève un engagement au théâtre Italien, il fallait se hâter; car madame
Tesi, qui avait désiré se rendre à Dresde,
paraissait hésiter, séduite par les instances

de Caffariello et les brillantes propositions
de Holzbaüer, jaloux d'attacher au théâtre
impérial une cantatrice aussi célèbre. D'un
autre côté, la Corilla, encore retenue au lit
par les suites de son accouchement, faisait
intriguer auprès des directeurs ceux de ses
amis qu'elle avait retrouvés à Vienne, et se
faisait fort de débuter dans huit jours si on
avait besoin d'elle. Le Porpora désirait ardemment que Consuelo fût engagée, et pour
elle-même, et pour le succès de l'opéra qu'il
espérait faire accepter avec elle.

Consuelo, pour sa part, ne savait à quoi
se résoudre. Prendre un engagement, c'était
reculer le moment possible de sa réunion
avec Albert ; c'était porter l'épouvante et la
consternation chez les Rudolstadt, qui ne
s'attendaient certes pas à ce qu'elle reparût
sur la scène ; c'était, dans leur opinion, renoncer à l'honneur de leur appartenir, et

signifier au jeune comte qu'elle lui préférait
la gloire et la liberté. D'un autre côté, refuser cet engagement, c'était détruire les dernières espérances du Porpora; c'était lui
montrer, à son tour, cette ingratitude qui
avait fait le désespoir et le malheur de sa
vie; c'était enfin lui porter un coup de poi-
gnard. Consuelo, effrayée de se trouver dans
cette alternative, et voyant qu'elle allait
frapper un coup mortel, quelque parti qu'elle
pût prendre, tomba dans un morne chagrin.
Sa robuste constitution la préserva d'une in-
disposition sérieuse; mais durant ces quelques jours d'angoisse et d'effroi, en proie à
des frissons fébriles, à une pénible langueur,
accroupie auprès d'un maigre feu, ou se
traînant d'une chambre à l'autre pour va-
quer aux soins du ménage, elle désira et es-
péra tristement qu'une maladie grave vînt la

soustraire aux devoirs et aux anxiétés de sa
situation.

L'humeur du Porpora, qui s'était épa-
nouie un instant, redevint sombre, querel-
leuse et injuste dès qu'il vit Consuelo, la
source de son espoir et le siège de sa force,
tomber tout à coup dans l'abattement et
l'irrésolution. Au lieu de la soutenir et de la
ranimer par l'enthousiasme et la tendresse,
il lui témoigna une impatience maladive qui
acheva de la consterner. Tour à tour faible
et violent, le tendre et irascible vieillard,
dévoré du spleen qui devait bientôt consu-
mer Jean-Jacques Rousseau, voyait partout
des ennemis, des persécuteurs et des ingrats, sans s'apercevoir que ses soupçons,
ses emportements et ses injustices provo-
quaient et motivaient un peu chez les autres
les mauvaises intentions et les mauvais procédés qu'il leur attribuait. Le premier mou-

vement de ceux qu'il blessait ainsi était de le considérer comme fou ; le second, de le croire méchant ; le troisième, de se détacher, de se préserver ou de se venger de lui. Entre une lâche complaisance et une sauvage misanthropie, il y a un milieu que le Porpora ne concevait pas, et auquel il n'arriva jamais.

Consuelo, après avoir tenté d'inutiles efforts, voyant qu'il était moins disposé que jamais à lui permettre l'amour et le mariage, se résigna à ne plus provoquer des explications qui aigrissaient de plus en plus les préventions de son infortuné maître. Elle ne prononça plus le nom d'Albert, et se tint prête à signer l'engagement qui lui serait imposé par le Porpora. Lorsqu'elle se retrouvait seule avec Joseph, elle éprouvait quelque soulagement à lui ouvrir son cœur.

— Quelle destinée bizarre est la mienne !
lui disait-elle souvent. Le ciel m'a donné des
facultés et une âme pour l'art, des besoins
de liberté, l'amour d'une fière et chaste indépendance ; mais en même temps, au lieu
de me donner ce froid et féroce égoïsme qui
assure aux artistes la force nécessaire pour
se frayer une route à travers les difficultés et
les séductions de la vie, cette volonté céleste
m'a mis dans la poitrine un cœur tendre et
sensible qui ne bat que pour les autres, qui
ne vit que d'affection et de dévouement. Ainsi
partagée entre deux forces contraires, ma
vie s'use, et mon but est toujours manqué.
Si je suis née pour pratiquer le dévouement,
Dieu veuille donc ôter de ma tête l'amour de
l'art, la poésie, et l'instinct de la liberté, qui
font de mes dévouements un supplice et une
agonie ; si je suis née pour l'art et pour la liberté, qu'il ôte donc de mon cœur la pitié,

l'amitié, la sollicitude et la crainte de faire souffrir, qui empoisonneront toujours mes triomphes et entraveront ma carrière!

— Si j'avais un conseil à te donner, pauvre Consuelo, répondait Haydn, ce serait d'écouter la voix de ton génie et d'étouffer le cri de ton cœur. Mais je te connais bien maintenant, et je sais que tu ne le pourras pas.

— Non, je ne le peux pas, Joseph, et il me semble que je ne le pourrai jamais. Mais vois mon infortune, vois la complication de mon sort étrange et malheureux! Même dans la voie du dévouement je suis si bien entravée et tiraillée en sens contraires, que je ne puis aller où mon cœur me pousse, sans briser ce cœur qui voudrait faire le bien de la main gauche comme de la main droite. Si je me consacre à celui-ci, j'abandonne et laisse périr celui-là. J'ai par le monde un

époux adoptif dont je ne puis être la femme
sans tuer mon père adoptif, et réciproque-
ment, si je remplis mes devoirs de fille, je
tue mon époux. Il a été écrit que la femme
quitterait son père et sa mère pour suivre
son époux ; mais je ne suis, en réalité, ni
épouse ni fille. La loi n'a rien prononcé pour
moi, la société ne s'est pas occupée de mon
sort. Il faut que mon cœur choisisse. La passion d'un homme ne le gouverne pas, et, dans
l'alternative où je suis, la passion du devoir
et du dévouement ne peut pas éclairer mon
choix. Albert et le Porpora sont également
malheureux, également menacés de perdre
la raison ou la vie. Je suis aussi nécessaire à
l'un qu'à l'autre... Il faut que je sacrifie l'un
des deux.

— Et pourquoi? Si vous épousiez le comte,
le Porpora n'irait-il pas vivre près de vous
deux? Vous l'arracheriez ainsi à la misère,

vous le ranimeriez par vos soins, vous ac-
compliriez vos deux dévouements à la fois.

— S'il pouvait en être ainsi, je te jure, Joseph, que je renoncerais à l'art et à la liberté;
mais tu ne connais pas le Porpora; c'est de
gloire et non de bien-être et de sécurité qu'il
est avide. Il est dans la misère, et il ne s'en
aperçoit pas; il en souffre sans savoir d'où
lui vient son mal. D'ailleurs, rêvant toujours
des triomphes et l'admiration des hommes, il
ne saurait descendre à accepter leur pitié.
Sois sûr que sa détresse est, en grande partie,
l'ouvrage de son incurie et de son orgueil.
S'il disait un mot, il a encore quelques amis,
on viendrait à son secours; mais, outre qu'il
n'a jamais regardé si sa poche était vide ou
pleine (tu as bien vu qu'il n'en sait pas davantage à l'égard de son estomac), il aime-
rait mieux mourir de faim enfermé dans sa
chambre que d'aller chercher l'aumône d'un

dîner chez son meilleur ami. Il croirait dégrader la musique s'il laissait soupçonner
que le Porpora a besoin d'autre chose que de
son génie, de son clavecin et de sa plume.
Aussi l'ambassadeur et sa maîtresse, qui le
chérissent et le vénèrent, ne se doutent-ils
en aucune façon du dénuement où il se trouve.
S'ils lui voient habiter une chambre étroite
et délabrée, ils pensent que c'est parce qu'il
aime l'obscurité et le désordre. Lui-même ne
leur dit-il pas qu'il ne saurait composer ailleurs? Moi, je sais le contraire; je l'ai vu
grimper sur les toits, à Venise, pour s'inspirer des bruits de la mer et de la vue du ciel.
Si on le reçoit avec ses habits malpropres,
sa perruque râpée et ses souliers percés, on
croit faire acte d'obligeance. « Il aime la
saleté, se dit-on; c'est le travers des viéil-
lards et des artistes. Ses guenilles lui sont
agréables. Il ne saurait marcher dans des

chaussures neuves. » Lui-même l'affirme ; mais moi, je l'ai vu, dans mon enfance, propre, recherché, toujours parfumé, rasé et secouant avec coquetterie les dentelles de sa manchette sur l'orgue ou le clavecin ; c'est que, dans ce temps-là, il pouvait être ainsi sans devoir rien à personne. Jamais le Porpora ne se résignerait à vivre oisif et ignoré au fond de la Bohême, à la charge de ses amis. Il n'y resterait pas trois mois sans maudire et injurier tout le monde, croyant que l'on conspire sa perte et que ses ennemis l'ont fait enfermer pour l'empêcher de publier et de faire représenter ses ouvrages. Il partirait un beau matin en secouant la poussière de ses pieds, et il reviendrait chercher sa mansarde, son clavecin rongé des rats, sa fatale bouteille et ses chers manuscrits.

— Et vous ne voyez pas la possibilité d'a-

mener à Vienne, ou à Venise, ou à Dresde,
ou à Prague, dans quelque ville musicale
enfin, votre comte Albert? Riche, vous
pourriez vous établir partout, vous y entou-
rer de musiciens, cultiver l'art d'une certaine façon, et laisser le champ libre à l'ambition du Porpora, sans cesser de veiller sur
lui?

— Après ce que je t'ai raconté du caractère et de la santé d'Albert, comment peux-
tu me faire une pareille question? Lui, qui
ne peut supporter la figure d'un indifférent,
comment affronterait-il cette foule de méchants et de sots qu'on appelle le monde?
Et quelle ironie, quel éloignement, quel mépris, le monde ne prodiguerait-il pas à cet
homme saintement fanatique, qui ne comprend rien à ses lois, à ses mœurs et à ses habitudes! Tout cela est aussi hasardeux à
tenter sur Albert que ce que j'essaie main-

tenant en cherchant à me faire oublier de lui.

— Soyez certaine cependant que tous les maux lui paraîtraient plus légers que votre absence. S'il vous aime véritablement, il supportera tout ; et s'il ne vous aime pas assez pour tout supporter et tout accepter, il vous oubliera.

— Aussi j'attends et ne décide rien. Donne-moi du courage, Beppo, et reste près de moi, afin que j'aie du moins un cœur où je puisse répandre ma peine, et à qui je puisse demander de chercher avec moi l'espérance.

— O ma sœur ! sois tranquille, s'écriait Joseph ; si je suis assez heureux pour te donner cette légère consolation, je supporterai tranquillement les bourrasques du Porpora ; je me laisserai même battre par lui, si cela

peut le distraire du besoin de te tourmenter
et de t'affliger.

En devisant ainsi avec Joseph, Consuelo
travaillait sans cesse, tantôt à préparer
avec lui les repas communs, tantôt à rac-
commoder les nippes du Porpora. Elle introduisit, un à un, dans l'appartement, les meubles qui étaient nécessaires à son maître.
Un bon fauteuil, bien large et bien bourré
de crin, remplaça la chaise de paille où il
reposait ses membres affaissés par l'âge; et
quand il y eut goûté les douceurs d'une
sieste, il s'étonna, et demanda, en fronçant
le sourcil, d'où lui venait ce bon siège. —
C'est la maîtresse de la maison qui l'a fait
monter ici, répondit Consuelo; ce vieux meuble l'embarrassait, et j'ai consenti à le placer
dans un coin, jusqu'à ce qu'elle le rede-
mandât.

Les matelas du Porpora furent changés;

et il ne fit, sur la bonté de son lit, d'autre remarque que de dire qu'il avait retrouvé le sommeil depuis quelques nuits. Consuelo lui répondit qu'il devait attribuer cette amélioration au café et à l'abstinence d'eau-de-vie. Un matin, le Porpora, ayant endossé une excellente robe de chambre, demanda d'un air soucieux à Joseph où il l'avait retrouvée. Joseph, qui avait le mot, répondit qu'en rangeant une vieille malle, il l'avait trouvée au fond.

— Je croyais ne l'avoir pas apportée ici, reprit le Porpora. C'est pourtant bien celle que j'avais à Venise; c'est la même couleur du moins.

— Et quelle autre pourrait-ce être? répondit Consuelo qui avait eu soin d'assortir la couleur de la défunte robe de chambre de Venise.

— Eh bien, je la croyais plus usée que

cela! dit le maestro en regardant ses
coudes.

— Je le crois bien! reprit-elle; j'y ai remis des manches neuves.

— Et avec quoi?

— Avec un morceau de la doublure.

— Ah! les femmes sont étonnantes pour
tirer parti de tout!

Quand l'habit neuf fut introduit, et que le
Porpora l'eut porté deux jours, quoiqu'il fût
de la même couleur que le vieux, il s'étonna
de le trouver si frais, et les boutons surtout
qui étaient fort beaux lui donnèrent à
penser.

— Cet habit-là n'est pas à moi, dit-il d'un
ton grondeur.

— J'ai ordonné à Beppo de le porter chez
un dégraisseur, répondit Consuelo, tu l'avais
taché hier soir. On l'a repassé, et voilà pourquoi tu le trouves plus frais.

—Je te dis qu'il n'est pas à moi, s'écria le maestro hors de lui. On me l'a changé chez le dégraisseur. Ton Beppo est un imbécile.

—On ne l'a pas changé; j'y avais fait une marque.

— Et ces boutons-là? Penses-tu me faire avaler ces boutons-là?

— C'est moi qui ai changé la garniture et qui l'ai cousue moi-même. L'ancienne était gâtée entièrement.

— Cela te fait plaisir à dire ! elle était encore fort présentable. Voilà une belle sottise! suis-je un Céladon pour m'attifer ainsi, et payer une garniture de douze sequins au moins?

— Elle ne coûte pas douze florins, repartit Consuelo, je l'ai achetée de hasard.

— C'est encore trop ! murmura le Maestro.

Toutes les pièces de son habillement lui furent glissées de même, à l'aide d'adroits mensonges qui faisaient rire Joseph et Consuelo comme deux enfants. Quelques objets passèrent inaperçus, grâce à la préoccupation du Porpora : les dentelles et le linge entrèrent discrètement par petites portions dans son armoire, et lorsqu'il semblait les regarder sur lui avec quelque attention, Consuelo s'attribuait l'honneur de les avoir reprisés avec soin. Pour donner plus de vraisemblance au fait, elle raccommodait sous ses yeux quelques-unes des anciennes hardes et les entremêlait avec les autres.

— Ah ça ! lui dit un jour le Porpora en lui arrachant des mains un jabot qu'elle recousait, voilà assez de futilités ! Une artiste ne doit pas être une femme de ménage, et je ne veux pas te voir ainsi tout le jour courbée en deux, une aiguille à la main. Serre-

moi tout cela, ou je le jette au feu ; je ne
veux pas non plus te voir autour des four-
neaux faisant la cuisine, et avalant la vapeur
du charbon. Veux-tu perdre la voix ? veux-tu
te faire laveuse de vaisselle ? veux-tu me
faire damner ?

— Ne vous damnez pas, répondit Consuelo ; vos effets sont en bon état maintenant, et ma voix est revenue.

— A la bonne heure ! répondit le Maestro ;
en ce cas, tu chantes demain chez la comtesse Hoditz, margrave douairière de Bareith.

11

La margrave douairière de Bareith, veuve
du margrave George-Guillaume, née princesse de Saxe-Weissenfeld, et en dernier
lieu comtesse Hoditz, « avait été belle
« comme un ange, à ce qu'on disait. Mais
« elle était si changée, qu'il fallait étudier

« son visage pour trouver les débris de ses
« charmes. Elle était grande et paraissait
« avoir eu la taille belle ; elle avait tué plu-
« sieurs de ses enfants, en se faisant avor-
« ter, pour conserver cette belle taille ; son
« visage était fort long, ainsi que son nez,
« qui la défigurait beaucoup, ayant été gelé,
« ce qui lui donnait une couleur de bette-
« rave fort désagréable ; ses yeux, accou-
« tumés à donner la loi, étaient grands,
« bien fendus et bruns, mais si abattus, que
« leur vivacité en était beaucoup diminuée ;
« à défaut de sourcils naturels, elle en por-
« tait de postiches, fort épais, et noirs
« comme de l'encre ; sa bouche, quoique
« grande, était bien façonnée et remplie
« d'agréments ; ses dents, blanches comme
« de l'ivoire, étaient bien rangées ; son
« teint, quoique uni, était jaunâtre, plombé
« et flasque ; elle avait un bon air, mais un

« peu affecté. C'était la Laïs de son siècle.
« Elle ne plut jamais que par sa figure ; car,
« pour de l'esprit, elle n'en avait pas l'om-
« bre. »

Si vous trouvez ce portrait tracé d'une
main un peu cruelle et cynique, ne vous en
prenez point à moi, cher lecteur. Il est mot
pour mot de la propre main d'une princesse
célèbre par ses malheurs, ses vertus domestiques, son orgueil et sa méchanceté, la
princesse Wilhelmine de Prusse, sœur du
grand Frédéric, mariée au prince hérédi-
taire du margraviat de Bareith, neveu de
notre comtesse Hoditz. Elle fut bien la plus
mauvaise langue que le sang royal ait jamais
produite. Mais ses portraits sont, en général,
tracés de main de maître, et il est difficile,
en les lisant, de ne pas les croire exacts.

Lorsque Consuelo, coiffée par Keller, et
parée, grâce à ses soins et à son zèle, avec

une élégante simplicité, fut introduite par
le Porpora dans le salon de la margrave,
elle se plaça avec lui derrière le clavecin
qu'on avait rangé en biais dans un angle,
afin de ne point embarrasser la compagnie.
Il n'y avait encore personne d'arrivé, tant le
Porpora était ponctuel, et les valets ache-
vaient d'allumer les bougies. Le Maestro
se mit à essayer le clavecin, et à peine en
eut-il tiré quelques sons qu'une dame fort
belle entra et vint à lui avec une grâce affable. Comme le Porpora la saluait avec le plus
grand respect, et l'appelait Princesse, Consuelo la prit pour la margrave, et, selon
l'usage, lui baisa la main. Cette main froide
et décolorée pressa celle de la jeune fille avec
une cordialité qu'on rencontre rarement
chez les grands, et qui gagna tout de suite
l'affection de Consuelo. La princesse paraissait âgée d'environ trente ans, sa taille était

élégante sans être correcte; on pouvait
même y remarquer certaines déviations qui
semblaient le résultat de grandes souffrances
physiques. Son visage était admirable, mais
d'une pâleur effrayante, et l'expression d'une
profonde douleur l'avait prématurément flé-
tri et ravagé. La toilette était exquise, mais
simple, et décente jusqu'à la sévérité. Un
air de bonté, de tristesse et de modestie
craintive était répandu dans toute cette belle
personne, et le son de sa voix avait quelque chose d'humble et d'attendrissant dont
Consuelo se sentit pénétrée. Avant que cette
dernière eût eu le temps de comprendre que
ce n'était point là la margrave, la véritable
margrave parut. Elle avait alors plus de la
cinquantaine; et si le portrait qu'on a lu en
tête de ce chapitre, et qui avait été fait dix
ans auparavant, était alors un peu chargé,
il ne l'était certainement plus au moment où

Consuelo la vit. Il fallait même de l'obligeance pour s'apercevoir que la comtesse Hoditz avait été une des beautés de l'Allemagne, quoiqu'elle fût peinte et parée avec une recherche de coquetterie fort savante. L'embonpoint de l'âge mûr avait envahi des formes sur lesquelles la margrave persistait à se faire d'étranges illusions; car ses épaules et sa poitrine nues affrontaient les regards avec un orgueil que la statuaire antique peut seule afficher. Elle était coiffée de fleurs, de diamants et de plumes comme une jeune femme, et sa robe ruisselait de pierreries.

« Maman, dit la princesse qui avait causé l'erreur de Consuelo, voici la jeune personne que maître Porpora nous avait annoncée, et qui va nous procurer le plaisir d'entendre la belle musique de son nouvel opéra.

— Ce n'est pas une raison, répondit la

margrave en toisant Consuelo de la tête aux
pieds, pour que vous la teniez ainsi par la
main. Allez vous asseoir vers le clavecin,
Mademoiselle, je suis fort aise de vous voir,
vous chanterez quand la société sera rassem-
blée. Maître Porpora, je vous salue. Je vous
demande pardon si je ne m'occupe pas de
vous. Je m'aperçois qu'il manque quelque
chose à ma toilette. Ma fille, parlez un peu
avec maître Porpora. C'est un homme de
talent, que j'estime. »

Ayant ainsi parlé d'une voix plus rauque
que celle d'un soldat, la grosse margrave
tourna pesamment sur ses talons, et rentra
dans ses appartements.

A peine eut-elle disparu, que la princesse, sa fille, se rapprocha de Consuelo, et
lui reprit la main avec une bienveillance délicate et touchante, comme pour lui dire
qu'elle protestait contre l'impertinence de sa

mère; puis elle entama la conversation avec
elle et le Porpora, et leur montra un intérêt plein de grâce et de simplicité. Consuelo
fut encore plus sensible à ces bons procédés,
lorsque, plusieurs personnes ayant été in-
troduites, elle remarqua dans les manières
habituelles de la princesse, une froideur,
une réserve à la fois timide et fière, dont elle
s'était évidemment départie exceptionnelle-
ment pour le maestro et pour elle.

Quand le salon fut à peu près rempli, le
comte Hoditz, qui avait dîné dehors, entra
en grande toilette, et, comme s'il eût été un
étranger dans sa maison, alla baiser respectueusement la main et s'informa de la santé
de sa noble épouse. La margrave avait la
prétention d'être d'une complexion fort délicate; elle était à demi couchée sur sa cau-
seuse, respirant à tout instant un flacon contre les vapeurs recevant les hommages d'un

air qu'elle croyait languissant, et qui n'était
que dédaigneux ; enfin, elle était d'un ridicule si achevé, que Consuelo , d'abord irri-
tée et indignée de son insolence, finit par
s'én amuser intérieurement, et se promit
d'en rire de bon cœur en faisant son portrait
à l'ami Beppo.

La princesse s'était rapprochée du clavecin,
et ne manquait pas une occasion d'adresser,
soit une parole, soit un sourire, à Consuelo,
quand sa mère ne s'occupait point d'elle.
Cette situation permit à Consuelo de surprendre une petite scène d'intérieur, qui lui
donna la clef du ménage. Le comte Hoditz
s'approcha de sa belle-fille, prit sa main, la
porta à ses lèvres, et l'y tint pendant quelques secondes avec un regard fort expressif.
La princesse retira sa main, et lui adressa
quelques mots de froide déférence. Le comte
ne les écouta pas, et, continuant de la cou-

ver du regard : — Eh quoi! mon bel ange, toujours triste, toujours austère, toujours cuirassée jusqu'au menton? On dirait que vous voulez vous faire religieuse. — Il est bien possible que je finisse par là, répondit la princesse à demi-voix. Le monde ne m'a pas traitée de manière à m'inspirer beaucoup d'attachement pour ses plaisirs. — Le monde vous adorerait et serait à vos pieds, si vous n'affectiez, par votre sévérité, de le tenir à distance ; et quant au cloître, pourriez-vous en supporter l'horreur à votre âge, et belle comme vous êtes?

— Dans un âge plus riant, et belle comme je ne le suis plus, répondit-elle, j'ai supporté l'horreur d'une captivité plus rigoureuse : l'avez-vous oublié? Mais ne me parlez pas davantage, monsieur le comte ; maman vous regarde.

Aussitôt le comte, comme poussé par un

ressort, quitta sa belle-fille, et s'approcha de
Consuelo, qu'il salua fort gravement ; puis,
lui ayant adressé quelques paroles d'amateur,
à propos de la musique en général, il ouvrit
le cahier que Porpora avait posé sur le clavecin ; et, feignant d'y chercher quelque
chose qu'il voulait se faire expliquer par
elle, il se pencha sur le pupitre, et lui parla
ainsi à voix basse : J'ai vu, hier matin, le
déserteur ; et sa femme m'a remis un billet.
Je demande à la belle Consuelo d'oublier une
certaine rencontre ; et, en retour de son silence, j'oublierai un certain Joseph, que
je viens d'apercevoir dans mes antichambres.

— Ce certain Joseph, répondit Consuelo,
que la découverte de la jalousie et de la contrainte conjugale venait de rendre fort tranquille sur les suites de l'aventure de Passaw,
est un artiste de talent qui ne restera pas

longtemps dans les antichambres. Il est
mon frère, mon camarade et mon ami. Je n'ai
point à rougir de mes sentiments pour lui, je
n'ai rien à cacher à cet égard, et je n'ai rien
à implorer de la générosité de Votre Seigneurie, qu'un peu d'indulgence pour ma voix, et
un peu de protection pour les futurs débuts
de Joseph dans la carrière musicale.

— Mon intérêt est assuré au dit Joseph
comme mon admiration l'est déjà à votre
belle voix; mais je me flatte que certaine
plaisanterie de ma part n'a jamais été prise
au sérieux.

— Je n'ai jamais eu cette fatuité, monsieur
le comte, et d'ailleurs je sais qu'une femme
n'a jamais lieu de se vanter lorsqu'elle a été
prise pour le sujet d'une plaisanterie de ce
genre.

— C'est assez, signora, dit le comte que
la douairière ne perdait pas de vue, et qui

avait hâte de changer d'interlocutrice pour
ne pas lui donner d'ombrage : la célèbre
Consuelo doit savoir pardonner quelque chose
à l'enjouement du voyage, et elle peut compter à l'avenir sur le respect et le dévouement
du comte Hoditz.

Il replaça le cahier sur le clavecin, et alla
recevoir obséquieusement un personnage
qu'on venait d'annoncer avec pompe. C'était
un petit homme qu'on eût pris pour une
femme travestie, tant il était rose, frisé,
pomponné, délicat, gentil, parfumé ; c'était
de lui que Marie-Thérèse disait qu'elle voudrait pouvoir le faire monter en bague ; c'é-
tait de lui aussi qu'elle disait avoir fait un
diplomate, n'en pouvant rien faire de mieux.
C'était le plénipotentiaire de l'Autriche, le
premier ministre, le favori, on disait même
l'amant de l'impératrice ; ce n'était rien
moins enfin que le célèbre Kaunitz, cet

homme d'État qui tenait dans sa blanche
main ornée de bagues de mille couleurs toutes
les savantes ficelles de la diplomatie euro-
péenne.

Il parut écouter d'un air grave des personnes soi-disant graves qui passaient pour
l'entretenir de choses graves. Mais tout à
coup il s'interrompit pour demander au comte
Hoditz : Qu'est-ce que je vois là au clavecin?
Est-ce la petite dont on m'a parlé, la protégée du Porpora? Pauvre diable de Porpora! Je voudrais faire quelque chose pour
lui ; mais il est si exigeant et si fantasque,
que tous les artistes le craignent ou le haïssent. Quand on leur parle de lui, c'est comme
si on leur montrait la tête de Méduse. Il dit
à l'un qu'il chante faux, à l'autre que sa musique ne vaut rien, à un troisième qu'il doit
son succès à l'intrigue. Et il veut avec ce
langage de huron, qu'on l'écoute et qu'on

lui rende justice ? Que diable ! nous ne vivons pas dans les bois. La franchise n'est plus de mode, et on ne mène pas les hommes par la vérité. Elle n'est pas mal, cette petite ; j'aime assez cette figure-là. C'est tout jeune, n'est-ce pas ? On dit qu'elle a eu du succès à Venise. Il faut que Porpora me l'amène demain.

— Il veut, dit la princesse, que vous la fassiez entendre à l'impératrice, et j'espère que vous ne lui refuserez pas cette grâce. Je vous la demande pour mon compte.

— Il n'y a rien de si facile que de la faire entendre à Sa Majesté, et il suffit que Votre Altesse le désire pour que je m'empresse d'y contribuer. Mais il y a quelqu'un de plus puissant au théâtre que l'impératrice. C'est madame Tesi ; et lors même que Sa Majesté prendrait cette fille sous sa protection, je

que l'engagement fût signé sans l'approbation suprême de la Tesi.

— On dit que c'est vous qui gâtez horriblement ces dames, monsieur le comte, et que,
sans votre indulgence, elles n'auraient pas
tant de pouvoir.

— Que voulez-vous, princesse! chacun
est maître dans sa maison. Sa Majesté comprend fort bien que si elle intervenait par
décret impérial dans les affaires de l'Opéra,
l'Opéra irait tout de travers. Or, Sa Majesté
veut que l'Opéra aille bien et qu'on s'y
amuse. Le moyen, si la prima donna a un
rhume le jour où elle doit débuter, ou si le
ténor, au lieu de se jeter au beau milieu
d'une scène de raccommodement dans les bras
de la basse, lui applique un grand coup de
poing sur l'oreille? Nous avons bien assez à
faire d'apaiser les caprices de M. Caffariello.
Nous sommes heureux depuis que madame

Tesi et madame Holzbaüer font bon ménage ensemble. Si on nous jette sur les planches une pomme de discorde, voilà nos cartes plus embrouillées que jamais.

— Mais une troisième femme est néces- saire absolument, dit l'ambassadeur de Ve- nise, qui protégeait chaudement le Porpora et son élève; et en voici une admirable qui se présente...

— Si elle est admirable, tant pis pour elle. Elle donnera de la jalousie à madame Tesi, qui est admirable et qui veut l'être seule; elle mettra en fureur madame Holzbaüer, qui veut être admirable aussi...

— Et qui ne l'est pas, repartit l'ambas- sadeur.

— Elle est fort bien née, c'est une per- sonne de bonne maison, répliqua finement M. de Kaunitz.

— Elle ne chantera pas deux rôles à la

fois. Il faut bien qu'elle laisse le mezzo-so-
prano faire sa partie dans les opéras.

— Nous avons une Corilla qui se présente,
et qui est bien la plus belle créature de la
terre.

— Votre Excellence l'a déjà vue ?

— Dès le premier jour de son arrivée.
Mais je ne l'ai pas entendue. Elle était malade.

— Vous allez entendre celle-ci, et vous
n'hésiterez pas à lui donner la préférence.

— C'est possible. Je vous avoue même que
sa figure, moins belle que celle de l'autre, me
paraît plus agréable. Elle a l'air doux et dé-
cent : mais ma préférence ne lui servira de
rien, la pauvre enfant ! Il faut qu'elle plaise à
madame Tesi, sans déplaire à madame
Holzbaüer ; et jusqu'ici, malgré la tendre
amitié qui unit ces deux dames, tout ce qui

a été approuvé par l'une a toujours eu le sort d'être vivement repoussé par l'autre.

— Voici une rude crise, et une affaire bien grave, dit la princesse avec un peu de malice, en voyant l'importance que ces deux hommes d'État donnaient aux débats de coulisse. Voici notre pauvre petite protégée en balance avec madame Corilla, et c'est M. Caffariello, je le parie, qui mettra son épée dans un des plateaux.

Lorsque Consuelo eut chanté, il n'y eut qu'une voix pour déclarer que depuis madame Hasse on n'avait rien entendu de pareil; et M. de Kaunitz, s'approchant d'elle, lui dit d'un air solennel : « Mademoiselle, vous chantez mieux que madame Tesi; mais que ceci vous soit dit ici par nous tous en confidence ; car si un pareil jugement passe la porte, vous êtes perdue, et vous ne débuterez pas cette année à Vienne. Ayez donc de

la prudence, beaucoup de prudence, ajouta-
t-il en baissant la voix et en s'asseyant auprès d'elle. Vous avez à lutter contre de
grands obstacles, et vous ne triompherez
qu'à force d'habileté. » Là dessus , entrant
dans les mille détours de l'intrigue théâtrale,
et la mettant minutieusement au courant de
toutes les petites passions de la troupe, le
grand Kaunitz lui fit un traité complet de
science diplomatique à l'usage des cou-
lisses.

Consuelo l'écouta avec ses grands yeux
tout ouverts d'étonnement, et quand il eut
fini, comme il avait dit vingt fois dans son
discours : « mon dernier opéra, l'opéra que
j'ai fait donner le mois passé , » elle s'ima-
gina qu'elle s'était trompée en l'entendant
annoncer, et que ce personnage si versé dans
les arcanes de la carrière dramatique ne
pouvait être qu'un directeur d'opéra ou un

maestro à la mode. Elle se mit donc à son aise avec lui, et lui parla comme elle eût fait à un homme de sa profession. Ce sans-gêne la rendit plus naïve et plus enjouée que le respect dû au nom tout-puissant du pre-mier ministre ne le lui eût permis ; M. de Kaunitz la trouva charmante. Il ne s'occupa guère que d'elle pendant une heure. La mar-grave fut fort scandalisée d'une pareille in-fraction aux convenances. Elle haïssait la liberté des grandes cours, habituée qu'elle était aux formalités solennelles des petites. Mais il n'y avait plus moyen de faire la mar-grave : elle ne l'était plus. Elle était tolérée et assez bien traitée par l'impératrice, parce qu'elle avait abjuré la foi luthérienne pour se faire catholique. Grâce à cet acte d'hypocrisie, on pouvait se faire pardonner toutes les mé-salliances, tous les crimes même, à la cour d'Autriche ; et Marie-Thérèse suivait en cela l'exemple que son père et sa mère lui avaient donné, d'accueillir quiconque voulait échapper aux rebuts et aux dédains de l'Allemagne protestante, en se réfugiant dans le giron de l'Église romaine. Mais, toute princesse et toute catholique qu'elle était, la margrave n'était rien à Vienne, et M. de Kaunitz était tout.

Aussitôt que Consuelo eut chanté son troisième morceau, le Porpora, qui savait les usages, lui fit un signe, roula les cahiers, et sortit avec elle par une petite porte de côté sans déranger par sa retraite les nobles personnes qui avaient bien voulu ouvrir l'oreille à ses accents divins.

— Tout va bien, lui dit-il en se frottant les mains lorsqu'ils furent dans la rue, escortés par Joseph qui leur portait le flambeau. Le Kaunitz est un vieux fou qui s'y connaît, et qui te poussera loin.

— Et qui est le Kaunitz ? je ne l'ai pas vu, dit Consuelo.

— Tu ne l'as pas vu, tête ahurie ! Il t'a parlé pendant plus d'une heure.

— Mais ce n'est pas ce petit monsieur en gilet rose et argent, qui m'a fait tant de commérages que je croyais entendre une vieille ouvreuse de loges ?

— C'est lui-même. Qu'y a-t-il là d'étonnant ?

— Moi, je trouve cela fort étonnant, répondit Consuelo, et ce n'était point là l'idée que je me faisais d'un homme d'État.

— C'est que tu ne vois pas comment marchent les États. Si tu le voyais, tu trouverais fort surprenant que les hommes d'État fussent autre chose que de vieilles commères. Allons, silence là-dessus, et faisons notre métier à travers cette mascarade du monde.

— Hélas ! mon maître, dit la jeune fille, devenue pensive en traversant la vaste esplanade du rempart pour se diriger vers le faubourg où était située leur modeste demeure : je me demande justement ce que devient notre métier, au milieu de ces masques si froids ou si menteurs.

— Et que veux-tu qu'il devienne ? reprit le Porpora avec son ton brusque et saccadé : il n'a point à devenir ceci ou cela. Heureux ou malheureux, triomphant ou dédaigné, il reste ce qu'il est : le plus beau, le plus noble métier de la terre !

— Oh oui ! dit Consuelo en ralentissant le pas toujours rapide de son maître et en s'attachant à son bras, je comprends que la grandeur et la dignité de notre art ne peuvent pas être rabaissées ou relevées au gré du caprice frivole ou du mauvais goût qui gouvernent le monde; mais pourquoi laissons-

nous ravaler nos personnes? Pourquoi allons-
nous les exposer aux dédains, ou aux encou-
ragements parfois plus humiliants encore
des profanes? Si l'art est sacré, ne le sommes-
nous pas aussi, nous ses prêtres et ses lévites?
Que ne vivons-nous au fond de nos mansar-
des, heureux de comprendre et de sentir la
musique, et qu'allons-nous faire dans ces
salons où l'on nous écoute en chuchotant,
où l'on nous applaudit en pensant à autre
chose, et où l'on rougirait de nous garder une
minute comme des êtres humains, après que
nous avons fini de parader comme des histrions ?

— Eh ! eh ! gronda le Porpora en s'arrêtant
et en frappant sa canne sur le pavé, quelles
sottes vanités et quelles fausses idées nous
trottent donc par la cervelle aujourd'hui?
Que sommes-nous, et qu'avons-nous besoin
d'être autre chose que des histrions? Ils nous

appellent ainsi par mépris ! Et qu'importe si
nous sommes histrions par goût, par voca-
tion et par l'élection du ciel, comme ils sont
grands seigneurs par hasard, par contrainte
ou par le suffrage des sots? Oui-dà! histrions!
ne l'est pas qui veut! Qu'ils essaient donc de
l'être, et nous verrons comme ils s'y pren-
dront, ces mirmidons qui se croient si beaux!
Que la margrave douairière de Bareith
endosse le manteau tragique, qu'elle mette
sa grosse vilaine jambe dans le cothurne, et
qu'elle fasse trois pas sur les planches, nous
verrons une étrange princesse! Et que crois-
tu qu'elle fît dans sa petite cour d'Erlangen,
au temps où elle croyait régner? Elle essayait
de se draper en reine, et elle suait sang et
eau pour jouer un rôle au dessus de ses forces. Elle était née pour faire une vivandière,
et, par une étrange méprise, la destinée en
avait fait une altesse. Aussi a-t-elle mérité

mille sifflets lorsqu'elle faisait l'altesse à
contre-sens. Et toi, sotte enfant, Dieu t'a
faite reine; il t'a mis au front un diadème
de beauté, d'intelligence et de force. Que l'on
te mène au milieu d'une nation libre, intelligente et sensible (je suppose qu'il en existe
de telles !), et te voilà reine, parce que tu
n'as qu'à te montrer et à chanter pour prouver que tu es reine de droit divin. Eh bien,
il n'en est point ainsi ! Le monde va autrement. Il est comme il est; qu'y veux-tu faire?
Le hasard, le caprice, l'erreur et la folie le
gouvernent. Qu'y pouvons-nous changer? Il a
des maîtres contrefaits, malpropres, sots et
ignares pour la plupart. Nous y voilà, il faut
se tuer ou s'accommoder de son train. Alors,
ne pouvant être monarques, nous sommes
artistes, et nous régnons encore. Nous chan-
tons la langue du ciel, qui est interdite aux
vulgaires mortels ; nous nous habillons en

rois et en grands hommes, nous montons
sur un théâtre, nous nous asseyons sur un
trône postiche, nous jouons une farce, nous
sommes des histrions ! Par le corps de Dieu !
le monde voit cela, et n'y comprend goutte !
Il ne voit pas que c'est nous qui sommes les
vraies puissances de la terre, et que notre
règne est le seul véritable, tandis que leur
règne à eux, leur puissance, leur activité,
leur majesté, sont une parodie dont les anges
rient là-haut, et que les peuples haïssent et
maudissent tout bas. Et les plus grands princes de la terre viennent nous regarder, prendre des leçons à notre école; et, nous admirant
en eux-mêmes, comme les modèles de la
vraie grandeur, ils tâchent de nous ressem-
bler quand ils posent devant leurs sujets. Va!
le monde est renversé; ils le sentent bien ,
eux qui le dominent, et s'ils ne s'en rendent
pas tout à fait compte, s'ils ne l'avouent pas,

il est aisé de voir, au dédain qu'ils affichent
pour nos personnes et notre métier, qu'ils
éprouvent une jalousie d'instinct pour notre
supériorité réelle. Oh ! quand je suis au
théâtre, je vois clair, moi ! L'esprit de la
musique me dessille les yeux, et je vois derrière la rampe une véritable cour, de véritables héros, des inspirations de bon aloi ;
tandis que ce sont de véritables histrions et
de misérables cabotins qui se pavanent dans
les loges sur des fauteuils de velours. Le
monde est une comédie, voilà ce qu'il y a
de certain, et voilà pourquoi je te disais tout
à l'heure : Traversons gravement, ma noble
fille, cette méchante mascarade qui s'appelle
le monde. — Peste soit de l'imbécile ! s'écria
le Maestro en repoussant Joseph, qui, avide
d'entendre ses paroles exaltées, s'était rap-
proché insensiblement jusqu'à le coudoyer ;
il me marche sur les pieds, il me couvre de

résine avec son flambeau ! Ne dirait-on pas qu'il comprend ce qui nous occupe, et qu'il veut nous honorer de son approbation ?

— Passe à ma droite, Beppo, dit la jeune fille en lui faisant un signe d'intelligence. Tu impatientes le maître avec tes maladresses. Puis s'adressant au Porpora : — Tout ce que vous dites là est l'effet d'un noble délire, mon ami, reprit-elle ; mais cela ne répond point à ma pensée, et les enivrements de l'orgueil n'adoucissent pas la plus petite blessure du cœur. Peu m'importe d'être née reine et de ne pas régner. Plus je vois les grands, plus leur sort m'inspire de compassion...

— Eh bien, n'est-ce pas là ce que je te disais ?

— Oui, mais ce n'est pas là ce que je vous demandais. Ils sont avides de paraître et de dominer. Là est leur folie et leur misère.

Mais nous, si nous sommes plus grands, et meilleurs, et plus sages qu'eux, pourquoi luttons-nous d'orgueil à orgueil, de royauté à royauté avec eux ? Si nous possédons des avantages plus solides, si nous jouissons de trésors plus désirables et plus précieux, que signifie cette petite lutte que nous leur livrons, et qui, mettant notre valeur et nos forces à la merci de leurs caprices, nous ravale jusqu'à leur niveau ?

— La dignité, la sainteté de l'art l'exigent, s'écria le Maestro. Ils ont fait de la scène du monde une bataille, et de notre vie un martyre. Il faut que nous nous battions, que nous versions notre sang par tous les pores, pour leur prouver, tout en mourant à la peine, tout en succombant sous leurs sifflets et leurs mépris, que nous sommes des dieux, des rois légitimes tout au moins, et qu'ils sont

de vils mortels, des usurpateurs effrontés et
lâches !

— O mon maître ! comme vous les haïs-
sez ! dit Consuelo en frissonnant de surprise
et d'effroi : et pourtant vous vous courbez
devant eux, vous les flattez, vous les mé-
nagez et vous sortez par la petite porte
du salon après leur avoir servi respectueusement deux ou trois plats de votre génie !

— Oui, oui ! répondit le Maestro en se
frottant les mains avec un rire amer; je me
moque d'eux, je salue leurs diamants et
leurs cordons, je les écrase avec trois accords de ma façon, et je leur tourne le dos,
bien content de m'en aller, bien pressé de me
délivrer de leurs sottes figures.

— Ainsi, reprit Consuelo, l'apostolat de
l'art est un combat ?

— Oui, c'est un combat : honneur au
brave !

— C'est une raillerie contre les sots ?

— Oui, c'est une raillerie : honneur à l'homme d'esprit qui sait la faire sanglante !

— C'est une colère concentrée, une rage de tous les instants ?

— Oui, c'est une colère et une rage : honneur à l'homme énergique qui ne s'en lasse pas et qui ne pardonne jamais !

— Et ce n'est rien de plus ?

— Ce n'est rien de plus en cette vie. La gloire du couronnement ne vient guère qu'après la mort pour le véritable génie.

— Ce n'est rien de plus en cette vie ? Maître, tu en es bien sûr ?

— Je te l'ai dit !

— En ce cas, c'est bien peu de chose ! dit Consuelo en soupirant et en levant les yeux vers les étoiles brillantes dans le ciel pur et profond.

— C'est peu de chose ? Tu oses dire, misérable cœur, que c'est peu de chose? s'écria
le Porpora en s'arrêtant de nouveau et en
secouant avec force le bras de son élève,
tandis que Joseph, épouvanté, laissait tomber sa torche.

— Oui, je dis que c'est peu de chose, répondit Consuelo avec calme et fermeté ; je
vous l'ai dit à Venise dans une circonstance
de ma vie qui fut bien cruelle et décisive.
Je n'ai pas changé d'avis. Mon cœur n'est
pas fait pour la lutte, et il ne saurait porter
le poids de la haine et de la colère, il n'y a
pas un coin dans mon âme où la rancune et
la vengeance puissent trouver à se loger.
Passez ! méchantes passions, brûlantes fiè-
vres, passez loin de moi! Si c'est à la seule
condition de vous livrer mon sein que je dois
posséder la gloire et le génie, adieu pour
jamais, génie et gloire ! allez couronner

d'autres fronts et embraser d'autres poi-
trines; vous n'aurez même pas un regret
de moi !

Joseph s'attendait à voir le Porpora éclater
d'une de ces colères à la fois terribles et co-
miques que la contradiction prolongée sou-
levait en lui. Déjà il tenait d'une main le
bras de Consuelo pour l'éloigner du maître
et la soustraire à un de ces gestes furibonds
dont il la menaçait souvent, et qui n'amenait
pourtant jamais rien.... qu'un sourire ou une
larme. Il en fut de cette bourrasque comme
des autres : le Porpora frappa du pied, gronda
sourdement comme un vieux lion dans sa
cage, et serra le poing en l'élevant vers le
ciel avec véhémence; puis tout aussitôt il
laissa retomber ses bras, poussa un profond
soupir, pencha sa tête sur sa poitrine, et
garda un silence obstiné jusqu'à la maison.
La sérénité généreuse de Consuelo, sa bonne

foi énergique, l'avaient frappé d'un respect
involontaire. Il fit peut-être d'amers retours
sur lui-même; mais il ne les avoua point, et
il était trop vieux, trop aigri et trop endurci
dans son orgueil d'artiste pour s'amender.
Seulement, au moment où Consuelo lui donna
le baiser du bonsoir, il la regarda d'un air
profondément triste et lui dit d'une voix
éteinte : — C'en est donc fait ! tu n'es plus
artiste parce que la margrave de Bareith est
une vieille coquine, et le ministre Kaunitz
une vieille bavarde !

— Non, mon maître, je n'ai pas dit cela,
répondit Consuelo en riant. Je saurai prendre gaîment les impertinences et les ridicules du monde; il ne me faudra pour cela
ni haine ni dépit, mais ma bonne conscience
et ma bonne humeur. Je suis encore artiste
et je le serai toujours. Je conçois un autre
but, une autre destinée à l'art que la riva-

lité de l'orgueil et la vengeance de l'abais-
sement. J'ai un autre mobile, et il me sou-
tiendra.

— Et lequel, lequel? s'écria le Porpora
en posant sur la table de l'antichambre son
bougeoir, que Joseph venait de lui présenter.
Je veux savoir lequel.

— J'ai pour mobile de faire comprendre
l'art et de le faire aimer sans faire craindre
et haïr la personne de l'artiste.

Le Porpora haussa les épaules. — Rêves
de jeunesse, dit-il, je vous ai faits aussi !

— Eh bien, si c'est un rêve, reprit Consuelo, le triomphe de l'orgueil en est un
aussi. Rêve pour rêve, j'aime mieux le mien.
Ensuite j'ai un second mobile, maître : le désir
de t'obéir et de te complaire.

— Je n'en crois rien, rien ! s'écria le Porpora en prenant son bougeoir avec humeur
et en tournant le dos ; mais dès qu'il eut la

main sur le bouton de sa porte, il revint
sur ses pas et alla embrasser Consuelo,
qui attendait en souriant cette réaction de
sensibilité.

Il y avait dans la cuisine, qui touchait à
la chambre de Consuelo, un petit escalier en
échelle qui conduisait à une sorte de terrasse
de six pieds carrés au revers du toit. C'était
là qu'elle faisait sécher les jabots et les manchettes du Porpora quand elle les avait blan-
chis. C'était là qu'elle grimpait quelquefois
le soir pour babiller avec Beppo, quand le
maître s'endormait de trop bonne heure pour
qu'elle eût envie de dormir elle-même. Ne
pouvant s'occuper dans sa propre chambre,
qui était trop étroite et trop basse pour contenir une table, et craignant de réveiller
son vieil ami en s'installant dans l'antichambre, elle montait sur la terrasse, tantôt pour
y rêver seule en regardant les étoiles, tantôt

pour raconter à son camarade de devoue-
ment et de servitude les petits incidents de sa
journée. Ce soir-là, ils avaient de part et d'autre mille choses à se dire. Consuelo s'enveloppa d'une pelisse dont elle rabattit le capu-
chon sur sa tête pour ne pas prendre d'enrouement, et alla rejoindre Beppo, qui
l'attendait avec impatience. Ces causeries
nocturnes sur les toits lui rappelaient les
entretiens de son enfance avec Anzoleto; ce
n'était pas la lune de Venise, les toits pitto-
resques de Venise, les nuits embrasées par
l'amour et l'espérance; mais c'était la nuit
allemande plus rêveuse et plus froide, la lune
allemande plus vaporeuse et plus sévère;
enfin, c'était l'amitié avec ses douceurs et ses
bienfaits, sans les dangers et les frémisse-
ments de la passion.

Lorsque Consuelo eut raconté tout ce qui
l'avait intéressée, blessée ou divertie chez la

margrave, et que ce fut le tour de Joseph
à parler : — Tu as vu de ces secrets de cour,
lui dit-il, les enveloppes et les cachets armo-
riés; mais comme les laquais ont coutume
de lire les lettres de leurs maîtres, c'est à
l'antichambre que j'ai appris le contenu de
la vie des grands. Je ne te raconterai pas
la moitié des propos dont la margrave douairière est le sujet. Tu en frémirais d'horreur
et de dégoût. Ah ! si les gens du monde sa-
vaient comme les valets parlent d'eux ! si, de
ces beaux salons où ils se pavanent avec tant
de dignité, ils entendaient ce que l'on dit de
leurs mœurs et de leur caractère de l'autre
côté de la cloison ! Tandis que le Porpora,
tout à l'heure, sur les remparts, nous étalait
sa théorie de lutte et de haine contre les
puissants de la terre, il n'était pas dans la
vraie dignité. L'amertume égarait son jugement. Ah ! tu avais bien raison de le lui dire,

il se ravalait au niveau des grands seigneurs,
en prétendant les écraser de son mépris. Eh
bien, il n'avait pas entendu les propos des
valets dans l'antichambre, et, s'il l'eût fait, il
eût compris que l'orgueil personnel et le
mépris d'autrui, dissimulés sous les apparen-
ces du respect et les formes de la soumission,
sont le propre des âmes basses et perverses.
Ainsi le porpora était bien beau, bien origi-
nal, bien puissant tout à l'heure, quand il
frappait le pavé de sa canne, en disant : Courage, inimitié, ironie, sanglante, vengeance
éternelle ! Mais ta sagesse était plus belle
que son délire, et j'en étais d'autant plus
frappé que je venais de voir des valets, des
opprimés craintifs, des esclaves dépravés,
qui, eux aussi, disaient à mes oreilles avec
une rage sourde et profonde : Vengeance,
ruse, perfidie, éternel dommage, éternelle
inimitié aux maîtres qui se croient nos supé-

rieurs et dont nous trahissons les turpitudes!
Je n'avais jamais été laquais, Consuelo, et
puisque je le suis, à la manière dont tu as été
garçon durant notre voyage, j'ai fait des
réflexions sur les devoirs de mon état présent, tu le vois.

— Tu as bien fait, Beppo, répondit la
Porporina; la vie est une grande énigme, et
il ne faut pas laisser passer le moindre fait
sans le commenter et le comprendre. C'est
toujours autant de deviné. Mais dis-moi donc
si tu as appris là-bas quelque chose de cette
princesse, fille de la margrave, qui, seule
au milieu de tous ces personnages guindés,
fardés et frivoles, m'a paru naturelle, bonne
et sérieuse.

— Si j'en ai entendu parler? oh! certes!
non-seulement ce soir, mais déjà bien des
fois par Keller, qui coiffe sa gouvernante, et
qui connaît bien les faits. Ce que je vais te

raconter n'est donc pas une histoire d'antichambre, un propos de laquais ; c'est une
histoire véritable et de notoriété publique.
Mais c'est une histoire effroyable ; auras-tu
le courage de l'entendre?

— Oui, car je m'intéresse à cette créature
qui porte sur son front le sceau du malheur.
J'ai recueilli deux ou trois mots de sa bouche qui m'ont fait voir en elle une victime
du monde, une proie de l'injustice.

— Dis une victime de la scélératesse, et
la proie d'une atroce perversité. La princesse de Culmbach (c'est le titre qu'elle porte)
a été élevée à Dresde, par la reine de Pologne, sa tante, et c'est là que le Porpora l'a
connue et lui a même, je crois, donné quelques leçons , ainsi qu'à la grande dauphine
de France, sa cousine. La jeune princesse de
Culmbach était belle et sage ; élevée par une
reine austère, loin d'une mère débauchée,

elle semblait devoir être heureuse et hono-
rée toute sa vie. Mais la margrave douairière, aujourd'hui comtesse Hoditz, ne voulait point qu'il en fût ainsi. Elle la fit revenir près d'elle, et feignit de vouloir la ma-
rier, tantôt avec un de ses parents, margrave aussi de Bareith, tantôt avec un autre
parent, aussi prince de Culmbach; car cette
principauté de Bareith-Culmbach compte
plus de princes et de margraves qu'elle n'a
de villages et de châteaux pour les apana-
ger. La beauté et la pudeur de la princesse
causaient à sa mère une mortelle jalousie;
elle voulait l'avilir, lui ôter la tendresse et
l'estime de son père, le margrave George-
Guillaume (troisième margrave); ce n'est pas
ma faute s'il y en a tant dans cette histoire;
mais dans tous ces margraves, il n'y en eut
pas un seul pour la princesse de Culmbach.
Sa mère promit à un gentilhomme de la

chambre de son époux, nommé Vobser, une récompense de 4,000 ducats pour déshonorer sa fille ; et elle introduisit elle-même ce misérable la nuit dans la chambre de la princesse. Ses domestiques étaient avertis et gagnés, le palais fut sourd aux cris de la jeune fille, la mère tenait la porte... O Consuelo ! tu frémis, et pourtant ce n'est pas tout. La princesse de Culmbach devint mère de deux jumeaux : la margrave les prit dans ses mains, les porta à son époux, les promena dans son palais, les montra à toute sa valétaille, en criant : « Voyez, voyez les enfants que cette dévergondée vient de mettre au monde ! » Et au milieu de cette scène affreuse, les deux jumeaux périrent presque dans les mains de la margrave. Vobser eut l'imprudence d'écrire au margrave pour réclamer les 4,000 ducats que la margrave lui avait promis. Il les avait gagnés, il avait dés-

honoré la princesse. Le malheureux père,
à demi imbécile déjà, le devint tout à fait
dans cette catastrophe, et mourut de saisis-
sement et de chagrin quelque temps après.
Vobser, menacé par les autres membres de
la famille, prit la fuite. La reine de Pologne
ordonna que la princesse de Culmbach serait
enfermée à la forteresse de Plassenbourg.
Elle y entra, à peine relevée de ses couches,
y passa plusieurs années dans une rigoureuse captivité, et y serait encore, si des prêtres catholiques, s'étant introduits dans sa
prison, ne lui eussent promis la protection
de l'impératrice Amélie, à condition qu'elle
abjurerait la foi luthérienne. Elle céda à
leurs insinuations, et au besoin de recou-
vrer sa liberté ; mais elle ne fut élargie qu'à
la mort de la reine de Pologne ; le premier
usage qu'elle fit de son indépendance fut de
revenir à la religion de ses pères. La jeune

margrave de Bareith, Wilhelmine de Prusse, l'accueillit avec aménité dans sa petite cour. Elle s'y est fait aimer et respecter par ses vertus, sa douceur et sa sagesse. C'est une âme brisée, mais c'est encore une belle âme, et quoiqu'elle ne soit point vue favorablement à la cour de Vienne à cause de son luthéranisme, personne n'ose insulter à son malheur; personne ne peut médire de sa vie, pas même les laquais. Elle est ici en passant pour je ne sais quelle affaire; elle réside ordinairement à Bareith.

— Voilà pourquoi, reprit Consuelo, elle m'a tant parlé de ce pays-là, et tant engagée à y aller. Oh! quelle histoire, Joseph! et quelle femme que la comtesse Hoditz! Jamais, non jamais le Porpora ne me traînera plus chez elle : jamais je ne chanterai plus pour elle!

— Et pourtant vous y pourriez rencon-

trer les femmes les plus pures et les plus res-
pectables de la cour. Le monde marche
ainsi, à ce qu'on assure. Le nom et la ri-
chesse couvrent tout, et, pourvu qu'on aille
à l'église, on trouve ici une admirable tolérance.

— Cette cour de Vienne est donc bien hypocrite? dit Consuelo.

— Je crains, entre nous soit dit, répondit
Joseph en baissant la voix, que notre grande
Marie-Thérèse ne le soit un peu.

12

Peu de jours après, le Porpora ayant beaucoup remué, beaucoup intrigué à sa manière, c'est-à-dire en menaçant, en grondant ou en raillant à droite et à gauche, Consuelo, conduite à la chapelle impériale par maître Reuter (l'ancien maître et l'ancien

ennemi du jeune Haydn), chanta, devant
Marie-Thérèse, la partie de Judith, dans l'o-
ratorio : Betulia liberata, poème de Métastase,
musique de ce même Reuter. Consuelo fut
magnifique, et Marie-Thérèse daigna être
satisfaite. Quand le sacré concert fut ter-
miné, Consuelo fut invitée, avec les autres
chanteurs (Caffariello était du nombre), à
passer dans une des salles du palais, pour
faire une collation présidée par Reuter. Elle
était à peine assise entre ce maître et le Porpora, qu'un bruit, à la fois rapide et solennel, partant de la galerie voisine, fit tressail-
lir tous les convives, excepté Consuelo et
Caffariello, qui s'étaient engagés dans une
discussion animée sur le mouvement d'un certain chœur que l'un eût voulu plus vif et
l'autre plus lent. « Il n'y a que le Maestro
lui-même qui puisse trancher la question, »
dit Consuelo en se retournant vers le Reu-

ter. Mais elle ne trouva plus ni le Reuter à
sa droite, ni le Porpora à sa gauche : tout le
monde s'était levé de table, et rangé en li-
gne, d'un air pénétré. Consuelo se trouva
face à face avec une femme d'une trentaine
d'années, belle de fraîcheur et d'énergie, vêtue de noir (tenue de chapelle), et accompa-
gnée de sept enfants, dont elle tenait un par
la main. Celui-là, c'était l'héritier du trône,
le jeune César Joseph II ; et cette belle
femme, à la démarche aisée, à l'air affable
et pénétrant, c'était Marie-Thérèse.

« *Ecco la Giuditta ?* demanda l'impératrice
en s'adressant à Reuter : je suis fort contente
de vous, mon enfant, ajouta-t-elle en regardant Consuelo des pieds à la tête ; vous m'a-
vez fait vraiment plaisir, et jamais je n'avais
mieux senti la sublimité des vers de notre admirable poète que dans votre bouche har-
monieuse. Vous prononcez parfaitement

bien, et c'est à quoi je tiens par dessus tout.
Quel âge avez-vous, mademoiselle? Vous
êtes Vénitienne? Élève du célèbre Porpora,
que je vois ici avec intérêt? Vous désirez entrer au théâtre de la cour? Vous êtes faite
pour y briller; et M. de Kaunitz vous pro-
tège. »

Ayant ainsi interrogé Consuelo, sans attendre ses réponses, et en regardant tour à
tour Métastase et Kaunitz, qui l'accompa-
gnaient, Marie-Thérèse fit un signe à un de
ses chambellans, qui présenta un bracelet
assez riche à Consuelo. Avant que celle-ci
eût songé à remercier, l'impératrice avait
déjà traversé la salle; elle avait déjà dérobé
à ses regards l'éclat du front impérial. Elle
s'éloignait avec sa royale couvée de princes et
d'archiduchesses, adressant un mot favorable et gracieux à chacun des musiciens qui
se trouvaient à sa portée, et laissant derrière

elle comme une trace lumineuse dans tous ces yeux éblouis de sa gloire et de sa puissance.

Caffariello fut le seul qui conserva ou qui affecta de conserver son sang-froid : il reprit sa discussion juste où il l'avait laissée ; et Consuelo, mettant le bracelet dans sa poche, sans songer à le regarder, recommença à lui tenir tête, au grand étonnement et au grand scandale des autres musiciens, qui, courbés sous la fascination de l'apparition impériale, ne concevaient pas qu'on pût songer à autre chose tout le reste de la journée. Nous n'avons pas besoin de dire que le Porpora faisait seul exception dans son âme, et par instinct et par système, à cette fureur de prosternation. Il savait se tenir convenablement incliné devant les souverains ; mais, au fond du cœur, il raillait et méprisait les esclaves. Maître Reuter, interpellé par Caffa-

riello sur le véritable mouvement du chœur
en litige, serra les lèvres d'un air hypocrite;
et, après s'être laissé interroger plusieurs
fois, il répondit enfin d'un air très froid : Je
vous avoue, monsieur, que je ne suis point à
votre conversation. Quand Marie-Thérèse
est devant mes yeux, j'oublie le monde en-
tier; et longtemps après qu'elle a disparu,
je demeure sous le coup d'une émotion qui
ne me permet pas de penser à moi-même.

— Mademoiselle ne paraît point étourdie
de l'insigne honneur qu'elle vient de nous attirer, dit M. Holzbaüer, qui se trouvait là, et
dont l'aplatissement avait quelque chose de
plus contenu que celui du Reuter. C'est affaire à vous, signora, de parler avec les tê-
tes couronnées. On dirait que vous n'avez
fait autre chose toute votre vie.

— Je n'ai jamais parlé avec aucune tête
couronnée, répondit tranquillement Con-

suelo, qui n'entendait point malice aux insinuations de Holzbaüer; et Sa Majesté ne m'a point procuré un tel avantage ; car elle semblait, en m'interrogeant, m'interdire l'honneur ou m'épargner le trouble de lui répondre.

— Tu aurais peut-être souhaité faire la conversation avec l'impératrice, dit le Porpora d'un air goguenard.

— Je ne l'ai jamais souhaité, repartit Consuelo naïvement.

— C'est que Mademoiselle a plus d'insouciance que d'ambition, apparemment, reprit le Reuter avec un dédain glacial.

— Maître Reuter, dit Consuelo avec confiance et candeur, êtes-vous mécontent de la manière dont j'ai chanté votre musique? Reuter avoua que personne ne l'avait mieux chantée, même sous le règne de l'*auguste et à jamais regretté* Charles VI. — En ce cas, dit

Consuelo, ne me reprochez pas mon insouciance. J'ai l'ambition de satisfaire mes maîtres; j'ai l'ambition de bien faire mon métier;
quelle autre puis-je avoir? quelle autre ne
serait ridicule et déplacée de ma part?

— Vous êtes trop modeste, Mademoiselle,
reprit Holzbaüer. Il n'est point d'ambition
trop vaste pour un talent comme le vôtre.

— Je prends cela pour un compliment plein
de galanterie, répondit Consuelo; mais je ne
croirai vous avoir satisfait un peu que le jour
où vous m'inviterez à chanter sur le théâtre
de la cour.

Holzbaüer, pris au piège, malgré sa prudence, eut un accès de toux pour se dispenser de répondre, et se tira d'affaire par une
inclination de tête courtoise et respectueuse.
Puis, ramenant la conversation sur son premier terrain: — Vous êtes vraiment, dit-il,
d'un calme et d'un désintéressement sans

exemple : vous n'avez pas seulement regardé
le beau bracelet dont Sa Majesté vous a fait
cadeau.

— Ah ! c'est la vérité, dit Consuelo en le tirant de sa poche, et en le passant à ses voisins qui étaient curieux de le voir et d'en es-
timer la valeur. Ce sera de quoi acheter du
bois pour le poêle de mon maître, si je n'ai
pas d'engagement cet hiver, pensait Consuelo ; une toute petite pension nous serait
bien plus nécessaire que des parures et des
colifichets.

— Quelle beauté céleste que Sa Majesté !
dit Reuter avec un soupir de componction,
en lançant un regard oblique et dur à Consuelo.

— Oui, elle m'a semblé fort belle, répondit la jeune fille, qui ne comprenait rien aux
coups de coude du Porpora.

— Elle vous a *semblé?* reprit le Reuter.
Vous êtes difficile !

— J'ai à peine eu le temps de l'entrevoir.
Elle a passé si vite!

— Mais son esprit éblouissant, ce génie
qui se révèle à chaque syllabe sortie de ses
lèvres!...

— J'ai à peine eu le temps de l'entendre :
elle a parlé si peu !

— Enfin, Mademoiselle, vous êtes d'airain
où de diamant. Je ne sais ce qu'il faudrait
pour vous émouvoir.

— J'ai été fort émue en chantant votre
Judith, répondit Consuelo, qui savait être
malicieuse dans l'occasion, et qui commençait à comprendre la malveillance des maîtres viennois envers elle.

— Cette fille a de l'esprit, sous son air
simple, dit tout bas Holzbaüer à maître Reu-

ter. — C'est l'école du Porpora, répondit l'autre ; mépris et moquerie.

— Si on n'y prend garde, le vieux récitatif et le style *osservato* nous envahiront de plus belle que par le passé, reprit Holzbauer ; mais soyez tranquille, j'ai les moyens d'empêcher cette *Porporinaillerie* d'élever la voix.

Quand on se leva de table, Caffariello dit à l'oreille de Consuelo : — Vois-tu, mon enfant, tous ces gens-là, c'est de la franche canaille. Tu auras de la peine à faire quelque chose ici. Ils sont tous contre toi. Ils seraient tous contre moi s'ils l'osaient.

— Et que leur avons-nous donc fait ? dit Consuelo étonnée.

— Nous sommes élèves du plus grand maître de chant qu'il y ait au monde. Eux et leurs créatures sont nos ennemis naturels. ils indisposeront Marie-Thérèse contre toi,

et tout ce que tu dis ici lui sera répété avec
de malicieux commentaires. On lui dira que
tu ne l'as pas trouvée belle, et que tu as jugé
son cadeau mesquin. Je connais toutes ces
menées. Prends courage, pourtant; je te
protégerai envers et contre tous, et je crois
que l'avis de Caffariello en musique vaut bien
celui de Marie-Thérèse.

— Entre la méchanceté des uns, et la folie des autres, me voilà fort compromise,
pensa Consuelo en s'en allant. O Porpora!
disait-elle dans son cœur, je ferai mon possible pour remonter sur le théâtre. O Albert!
j'espère que je n'y parviendrai pas.

Le lendemain, maître Porpora, ayant affaire en ville pour toute la journée, et trouvant Consuelo un peu pâle, l'engagea à faire
un tour de promenade hors ville à la *Spin-
nerin am Kreutz*, avec la femme de Keller,
qui s'était offerte pour l'accompagner quand

elle le voudrait. Dès que le Maestro fut sorti :

— Beppo, dit la jeune fille, va vite louer une petite voiture, et allons-nous-en tous deux voir Angèle et remercier le chanoine. Nous avions promis de le faire plus tôt ; mais mon rhume me servira d'excuse.

— Et sous quel costume vous présenterez-vous au chanoine ? dit Beppo.

— Sous celui-ci, répondit-elle. Il faut bien que le chanoine me connaisse et m'accepte sous ma véritable forme.

— Excellent chanoine ! je me fais une joie de le revoir.

— Et moi aussi.

— Pauvre bon chanoine ! je me fais une peine de songer...

— Quoi ?

— Que la tête va lui tourner tout à fait.

— Et pourquoi donc ? Suis-je une déesse ? Je ne le pensais pas.

— Consuelo, rappelez-vous qu'il était aux trois quarts fou quand nous l'avons quitté!

— Et moi je te dis qu'il lui suffira de me savoir femme et de me voir telle que je suis, pour qu'il reprenne l'empire de sa volonté et redevienne ce que Dieu l'a fait, un homme raisonnable.

— Il est vrai que l'habit fait quelque chose. Ainsi, quand je vous ai revue ici transformée en demoiselle, après m'être habitué pendant quinze jours à te traiter comme un garçon... j'ai éprouvé je ne sais quel effroi, je ne sais quelle gêne dont je ne peux pas me rendre compte; et il est certain que durant le voyage... s'il m'eût été permis d'être amoureux de vous... Mais tu diras que je déraisonne...

— Certainement, Joseph, tu déraisonnes; et, de plus, tu perds le temps à babiller. Nous avons dix lieues à faire pour aller au prieuré

et en revenir. Il est huit heures du matin, et
il faut que nous soyons rentrés à sept heures
du soir, pour le souper du maître.

Trois heures après, Beppo et sa compagne
descendirent à la porte du prieuré. Il faisait
une belle journée; le chanoine contemplait
ses fleurs d'un air mélancolique. Quand il vit
Joseph, il fit un cri de joie et s'élança à sa
rencontre; mais il resta stupéfait en recon-
naissant son cher Bertoni sous des habits de
femme. « Bertoni, mon enfant bien-aimé,
s'écria-t-il avec une sainte naïveté, que signifie ce travestissement, et pourquoi viens-
tu me voir déguisé de la sorte? Nous ne
sommes point au carnaval...

—Mon respectable ami, répondit Consuelo
en lui baisant la main, il faut que votre révérence me pardonne de l'avoir trompée. Je
n'ai jamais été garçon; Bertoni n'a jamais
existé, et lorsque j'ai eu le bonheur de vous

connaître, j'étais véritablement déguisée.

— Nous pensions, dit Joseph qui craignait
de voir la consternation du chanoine se
changer en mécontentement, que votre révérence n'était point la dupe d'une innocente supercherie. Cette feinte n'avait point
été imaginée pour la tromper, c'était une
nécessité imposée par les circonstances, et
nous avons toujours cru que monsieur le
chanoine avait la générosité et la délicatesse
de s'y prêter.

— Vous l'avez cru? reprit le chanoine interdit et effrayé; et vous, Bertoni... je veux
dire mademoiselle, vous l'avez cru aussi?

— Non, monsieur le chanoine, répondit
Consuelo; je ne l'ai pas cru un instant. J'ai
parfaitement vu que votre révérence ne se
doutait nullement de la vérité.

— Et vous me rendez justice, dit le chanoine d'un ton un peu sévère, mais profon-

dément triste ; je ne sais point transiger avec
la bonne foi, et si j'avais deviné votre sexe,
je n'aurais jamais songé à insister comme je
l'ai fait, pour vous engager à rester chez
moi. Il a bien couru dans le village voisin,
et même parmi mes gens, un bruit vague,
un soupçon qui me faisait sourire, tant j'étais
obstiné à me méprendre sur votre compte.
On a dit qu'un des deux petits musiciens qui
avaient chanté la messe le jour de la fête
patronale, était une femme déguisée. Et
puis, on a prétendu que ce propos était une
méchanceté du cordonnier Gotlieb, pour effrayer et affliger le curé. Enfin, moi-même,
j'ai démenti ce bruit avec assurance. Vous
voyez que j'étais votre dupe bien complètement, et qu'on ne saurait l'être davantage.

— Il y a eu une grande méprise, répondit
Consuelo avec l'assurance de la dignité ; mais
il n'y a point eu de dupe, monsieur le cha-

noine. Je ne crois pas m'être éloignée un
seul instant du respect qui vous est dû, et
des convenances que la loyauté impose.
J'étais la nuit sans gîte sur le chemin, écrasée
de soif et de fatigue, après une longue route
à pied. Vous n'eussiez pas refusé l'hospitalité
à une mendiante. Vous me l'avez accordée
au nom de la musique, et j'ai payé mon écot
en musique. Si je ne suis pas partie malgré
vous dès le lendemain, c'est grâce à des circonstances imprévues qui me dictaient un
devoir au dessus de tous les autres. Mon ennemie, ma rivale, ma persécutrice tombait
des nues à votre porte, et, privée de soins et
de secours, avait droit à mes secours et à
mes soins. Votre révérence se rappelle bien
le reste; elle sait bien que si j'ai profité de sa
bienveillance, ce n'est pas pour mon compte.
Elle sait bien aussi que je me suis éloignée
aussitôt que mon devoir a été accompli; et

si je reviens aujourd'hui la remercier en personne des bontés dont elle m'a comblée, c'est que la loyauté me faisait un devoir de la détromper moi-même et de lui donner les explications nécessaires à notre mutuelle dignité.

— Il y a dans tout ceci, dit le chanoine à demi vaincu, quelque chose de mystérieux et de bien extraordinaire. Vous dites que la malheureuse dont j'ai adopté l'enfant était votre ennemie, votre rivale... Qui êtes-vous donc vous-même, Bertoni?... Pardonnez-moi si ce nom revient toujours sur mes lèvres, et dites-moi comment je dois vous appeler désormais.

— Je m'appelle la Porporina, répondit Consuelo; je suis l'élève du Porpora, je suis cantatrice. J'appartiens au théâtre.

— Ah! fort bien! dit le chanoine avec un profond soupir. J'aurais dû le deviner à la

manière dont vous avez joué votre rôle, et,
quant à votre talent prodigieux pour la musique, je ne dois plus m'en étonner ; vous
avez été à bonne école. Puis-je vous demander si M. Beppo est votre frère... ou votre
mari ?

— Ni l'un ni l'autre. Il est mon frère par
le cœur, rien que mon frère, monsieur le
chanoine ; et si mon âme ne s'était pas sentie
aussi chaste que la vôtre, je n'aurais pas
souillé de ma présence la sainteté de votre
demeure.

Consuelo avait, pour dire la vérité, un
accent irrésistible, et dont le chanoine subit
la puissance, comme les âmes pures et droites
subissent toujours celle de la sincérité. Il se
sentit comme soulagé d'un poids énorme, et,
tout en marchant lentement entre ses deux
jeunes protégés, il interrogea Consuelo avec
une douceur et un retour d'affection sympa-

thique qu'il oublia peu à peu de combattre
en lui-même. Elle lui raconta rapidement, et
sans lui nommer personne, les principales
circonstances de sa vie ; ses fiançailles au lit
de mort de sa mère avec Anzoleto, l'infidé-
lité de celui-ci, la haine de Corilla, les ou-
trageants desseins de Zustiniani, les conseils
du Porpora, le départ de Venise, l'attachement qu'Albert avait pris pour elle, les offres
de la famille de Rudolstadt, ses propres hési-
tations et ses scrupules, sa fuite du château
des Géants, sa rencontre avec Joseph Haydn,
son voyage, son effroi et sa compassion au
lit de douleur de la Corilla, sa reconnaissance
pour la protection accordée par le chanoine
à l'enfant d'Anzoleto ; enfin son retour à
Vienne, et jusqu'à l'entrevue qu'elle avait
eue la veille avec Marie-Thérèse. Joseph n'a-
vait pas su jusque là toute l'histoire de Consuelo ; elle ne lui avait jamais parlé d'Anzo-

leto, et le peu de mots qu'elle venait de dire
de son affection passée pour ce misérable ne
le frappa pas très vivement ; mais sa générosité à l'égard de Corilla, et sa sollicitude
pour l'enfant, lui firent une si profonde impression, qu'il se détourna pour cacher ses
larmes. Le chanoine ne retint pas les siennes.
Le récit de Consuelo, concis, énergique et
sincère, lui fit le même effet qu'un beau
roman qu'il aurait lu, et justement il n'avait
jamais lu un seul roman, et celui-là fut le
premier de sa vie qui l'initia aux émotions
vives de la vie des autres. Il s'était assis sur
un banc pour mieux écouter, et quand la
jeune fille eut tout dit, il s'écria : — Si tout
cela est la vérité, comme je le crois, comme
il me semble que je le sens dans mon cœur,
par la volonté du ciel, vous êtes une sainte
fille... Vous êtes sainte Cécile revenue sur la
terre ! Je vous avouerai franchement que je

n'ai jamais eu de préjugé contre le théâtre, ajouta-t-il après un instant de silence et de réflexion, et vous me prouvez qu'on peut faire son salut là comme ailleurs. Certainement, si vous persistez à être aussi pure et aussi généreuse que vous l'avez été jusqu'à ce jour, vous aurez mérité le ciel, mon cher Bertoni!... Je vous le dis comme je le pense, ma chère Porporina!

— Maintenant, monsieur le chanoine, dit Consuelo en se levant, donnez-moi des nouvelles d'Angèle avant que je ne prenne congé de votre révérence.

— Angèle se porte bien et vient à merveille, répondit le chanoine. Ma jardinière en prend le plus grand soin, et je la vois à tout instant qui la promène dans mon parterre. Elle poussera au milieu des fleurs, comme une fleur de plus sous mes yeux, et quand le temps d'en faire une âme chrétienne sera

venu, je ne lui épargnerai pas la culture.
Reposez-vous sur moi de ce soin , mes enfants. Ce que j'ai promis à la face du ciel, je
l'observerai religieusement. Il paraît madame que sa mère ne me disputera pas ce
soin; car, bien qu'elle soit à Vienne, elle
n'a pas envoyé une seule fois demander des
nouvelles de sa fille.

— Elle a pu le faire indirectement, et sans
que vous l'ayez su, répondit Consuelo ; je ne
puis croire qu'une mère soit indifférente à ce
point. Mais la Corilla brigue un engagement
au théâtre de la cour. Elle sait que Sa Majesté est fort sévère, et n'accorde point sa
protection aux personnes tarées. Elle a intérêt à cacher ses fautes, du moins jusqu'à ce
que son engagement soit signé. Gardons-lui
donc le secret.

— Et elle vous fait concurrence cependant ! s'écria Joseph ; et on dit qu'elle l'em-

portera par ses intrigues ; qu'elle vous dif-
fame déjà dans la ville ; qu'elle vous a présentée comme la maîtresse du comte Zustiniani. On a parlé de cela à l'ambassade,
Keller me l'a dit... On en était indigné ; mais
on craignait qu'elle ne persuadât M. de Kaunitz, qui écoute volontiers ces sortes d'histoi-
res, et qui ne tarit pas en éloges sur la beauté
de Corilla...

— Elle a dit de pareilles choses ! dit Consuelo en rougissant d'indignation ; puis elle
ajouta avec calme : cela devait être, j'aurais
dû m'y attendre.

— Mais il n'y a qu'un mot à dire pour déjouer toutes ses calomnies, reprit Joseph ; et
ce mot je le dirai, moi ! Je dirai que...

— Tu ne diras rien, Beppo, ce serait une
lâcheté et une barbarie. Vous ne le direz pas
non plus, monsieur le chanoine, et si j'avais

envie de le dire, vous m'en empêcheriez,
n'est-il pas vrai?

— Ame vraiment évangélique! s'écria le
chanoine. Mais songez que ce secret n'en
peut pas être un bien longtemps. Il suffit de
quelques valets et de quelques paysans qui
ont constaté et qui peuvent ébruiter le fait,
pour qu'on sache avant quinze jours que la
chaste Corilla est accouchée ici d'un enfant
sans père, qu'elle a abandonné pardessus le
marché.

— Avant quinze jours, la Corilla ou moi
sera engagée. Je ne voudrais pas l'emporter
sur elle par un acte de vengeance. Jusque-là,
Beppo, silence, ou je te retire mon estime et
mon amitié. Et maintenant, adieu, monsieur
le chanoine. Dites-moi que vous me pardon-
nez, tendez-moi encore une main paternelle,
et je me retire, avant que vos gens aient vu
ma figure sous cet habit.

— Mes gens diront ce qu'ils voudront, et mon bénéfice ira au diable, si le ciel veut qu'il en soit ainsi! Je viens de recueillir un héritage qui me donne le courage de braver les foudres de l'*Ordinaire*. Ainsi, mes enfants, ne me prenez pas pour un saint; je suis las d'obéir et de me contraindre; je veux vivre honnêtement et sans terreurs imbéciles. Depuis que je n'ai plus le sceptre de Brigide à mes côtés, et depuis surtout que je me vois à la tête d'une fortune indépendante, je me sens brave comme un lion. Or donc, venez déjeûner avec moi; nous baptiserons Angèle après, et puis nous ferons de la musique jusqu'au dîner.

Il les entraîna au prieuré. — Allons, André, Joseph! cria-t-il à ses valets en entrant; venez voir le signor Bertoni métamorphosé en dame. Vous ne vous seriez pas attendus à

cela? ni moi non plus! Eh bien, dépêchez-
vous de partager ma surprise, et mettez-nous
vite le couvert.

Le repas fut exquis, et nos jeunes gens virent que si de graves modifications s'étaient
faites dans l'esprit du chanoine, ce n'était pas
sur l'habitude de la bonne chère qu'elles
avaient opéré. On porta ensuite l'enfant dans
la chapelle du prieuré. Le chanoine quitta sa
douillette, endossa une soutane et un surplis,
et fit la cérémonie. Consuelo et Joseph firent
l'office de parrain et de marraine, et le nom
d'Angèle fut confirmé à la petite fille. Le
reste de l'après-midi fut consacré à la musique, et les adieux vinrent ensuite. Le chanoine se lamenta de ne pouvoir retenir ses
amis à dîner; mais il céda à leurs raisons, et
se consola à l'idée de les revoir à Vienne, où
il devait bientôt se rendre pour passer une
partie de l'hiver. Tandis qu'on attelait leur

voiture, il les conduisit dans la serre pour
leur faire admirer plusieurs plantes nouvelles dont il avait enrichi sa collection. Le jour
baissait, mais le chanoine, qui avait l'odorat
fort exercé, n'eut pas plutôt fait quelques pas
sous les châssis de son palais transparent
qu'il s'écria : « Je démêle ici un parfum extraordinaire ! Le glaïeul-vanille aurait-il
fleuri? Mais non ; ce n'est point là l'odeur de
mon glaïeul. Le strelitzia est inodore... les
cyclamens ont un arome moins pur et moins
pénétrant. Qu'est-ce donc qui se passe ici ?
Si mon volkameria n'était point mort, hélas!
je croirais que c'est lui que je respire ! Pauvre plante ! je n'y veux plus penser. »

Mais tout à coup le chanoine fit un cri de
surprise et d'admiration en voyant s'élever
devant lui, dans une caisse, le plus magnifique volkameria qu'il eût vu de sa vie, tout
couvert de ses grappes de petites roses blan-

ches doublées de rose, dont le suave parfum
remplissait la serre et dominait toutes les
vulgaires senteurs éparses à l'entour. —
Est-ce un prodige? D'où me vient cet avant-
goût du paradis, cette fleur du jardin de
Béatrix? s'écria-t-il dans un ravissement poé-
tique.

— Nous l'avons apporté dans notre voiture
avec tous les soins imaginables, répondit
Consuelo ; permettez-nous de vous l'offrir
en réparation d'une affreuse imprécation
sortie de ma bouche un certain jour, et dont
je me repentirai toute ma vie.

— Oh! ma chère fille! quel don, et avec
quelle délicatesse il est offert ! dit le chanoine
attendri. O cher volkameria! tu auras un
nom particulier comme j'ai coutume d'en
donner aux individus les plus splendides de
ma collection; tu t'appelleras Bertoni, afin de
consacrer le souvenir d'un être qui n'est plus

et que j'ai aimé avec des entrailles de père.

— Mon bon père, dit Consuelo en lui serrant la main, vous devez vous habituer à aimer vos filles autant que vos fils. Angèle n'est point un garçon...

— Et la Porporina est ma fille aussi! dit le chanoine; oui, ma fille, oui, oui, ma fille! répéta-t-il en regardant alternativement Consuelo et le volkameria-Bertoni avec des yeux remplis de larmes.

A six heures, Joseph et Consuelo étaient rentrés au logis. La voiture les avait laissés à l'entrée du faubourg, et rien ne trahit leur innocente escapade. Le Porpora s'étonna seulement que Consuelo n'eût pas meilleur appétit après une promenade dans les belles prairies qui entourent la capitale de l'empire. Le déjeûner du chanoine avait peut-être rendu Consuelo un peu friande ce jour-là. Mais le grand air et le mouvement lui procu-

rèrent un excellent sommeil, et le lendemain elle se sentit en voix et en courage
plus qu'elle ne l'avait encore été à Vienne.

31

Dans l'incertitude de sa destinée, Consuelo, croyant trouver peut-être une excuse ou un motif à celle de son cœur, se décida enfin à écrire au comte Christian de Rudolstadt, pour lui faire part de sa position vis à vis du Porpora, des efforts que ce dernier tentaît pour la faire rentrer au théâtre, et de l'espérance qu'elle nourrissait encore de les voir échouer. Elle lui parla sincèrement, lui exposa tout ce qu'elle devait de reconnaissance, de dévouement et de soumission à son vieux maître, et, lui confiant les craintes qu'elle éprouvait à l'égard d'Albert, elle le priait instamment de lui dicter la lettre qu'elle devait écrire à ce dernier pour le maintenir dans un état de confiance et de calme. Elle terminait en disant : « J'ai demandé du temps à vos seigneuries pour m'interroger moi-même et me décider. Je suis résolue à tenir ma parole, et je puis jurer devant Dieu que je me sens la force de fermer mon cœur et mon esprit à toute fantaisie contraire, comme à toute nouvelle affection. Et cependant, si je rentre au théâtre, j'adopte un parti qui est, en apparence, une infraction à mes promesses, un renon-

cemént formel à l'espérance de les tenir.
Que votre seigneurie me juge, ou plutôt
qu'elle juge le destin qui me commande et le
devoir qui me gouverne. Je ne vois aucun
moyen de m'y soustraire sans crime. J'attends d'elle un conseil supérieur à celui de ma
propre raison; mais pourra-t-il être contraire
à celui de ma conscience ? »

Lorsque cette lettre fut cachetée et con-
fiée à Joseph pour qu'il la fît partir, Consuelo
se sentit plus tranquille, ainsi qu'il arrive
dans une situation funeste, lorsqu'on a trouvé
un moyen de gagner du temps et de reculer
le moment de la crise. Elle se disposa donc à
rendre avec Porpora une visite, considérée
par celui-ci comme importante et décisive,
au très renommé et très vanté poète impérial, M. l'abbé Métastase.

Ce personnage illustre avait alors environ
cinquante ans; il était d'une belle figure, d'un

abord gracieux, d'une conversation charmante, et Consuelo eût ressenti pour lui une
vive sympathie, si elle n'eût eu, en se ren-
dant à la maison qu'habitaient, à différents
étages, le poète impérial et le perruquier
Keller, la conversation suivante avec Porpora :

— Consuelo (c'est le Porpora qui parle), tu
vas voir un homme de bonne mine, à l'œil
vif et noir, au teint vermeil, à la bouche fraîche et souriante, qui veut, à toute force,
être en proie à une maladie lente, cruelle
et dangereuse ; un homme qui mange, dort,
travaille et engraisse tout comme un autre ;
et qui prétend être livré à l'insomnie, à la
diète, à l'accablement, au marasme. N'aie
pas la maladresse, lorsqu'il va se plaindre
devant toi de ses maux, de lui dire qu'il n'y
paraît point, qu'il a fort bon visage, ou toute
autre platitude semblable ; car il veut qu'on

le plaigne, qu'on s'inquiète et qu'on le
pleure d'avance. N'aie pas le malheur non
plus de lui parler de la mort, ou d'une personne morte; il a peur de la mort, et ne veut
pas mourir. Et cependant ne commets pas
la balourdise de lui dire en le quittant: « J'espère que votre précieuse santé sera bientôt
meilleure; » car il veut qu'on le croie mourant, et, s'il pouvait persuader aux autres
qu'il est mort, il en serait fort content, à
condition toutefois qu'il ne le crût pas lui-
même.

— Voilà une sotte manie pour un grand
homme, répondit Consuelo. Que faudra-t-il
donc lui dire, s'il ne faut lui parler ni de gué-
rison, ni de mort?

— Il faut lui parler de sa maladie, lui
faire mille questions, écouter tout le détail de ses souffrances et de ses incommo-
dités, et, pour conclure, lui dire qu'il ne se

soigne pas assez, qu'il s'oublie lui-même,
qu'il ne se ménage point, qu'il travaille trop.
De cette façon, nous le disposerons en notre
faveur.

— N'allons-nous pas lui demander pourtant de faire un poëme et de vous le faire
mettre en musique, afin que je puisse le
chanter ? Comment pouvons-nous à la fois
lui conseiller de ne point écrire et le conju-
rer d'écrire pour nous au plus vite ?

— Tout cela s'arrange dans la conversation ; il ne s'agit que de placer les choses à
propos.

Le Maëstro voulait que son élève sût se
rendre agréable au poète ; mais, sa causticité
naturelle ne lui permettant point de dissimuler les ridicules d'autrui, il commettait
lui-même la maladresse de disposer Consuelo à l'examen clairvoyant, et à cette sorte
de mépris intérieur qui nous rend peu aima-

bles et peu sympathiques à ceux dont le besoin est d'être flattés et admirés sans réserve. Incapable d'adulation et de tromperie, elle souffrit d'entendre le Porpora caresser les misères du poëte, et le railler cruellement sous les dehors d'une pieuse commisération pour des maux imaginaires. Elle en rougit plusieurs fois, et ne put que garder un silence pénible, en dépit des signes que lui faisait son maître pour qu'elle le secondât.

La réputation de Consuelo commençait à se répandre à Vienne; elle avait chanté dans plusieurs salons, et son admission au théâtre italien était une hypothèse qui agitait un peu la coterie musicale. Métastase était tout-puissant; que Consuelo gagnât sa sympathie en caressant à propos son amour-propre, et il pouvait confier au Porpora le soin de mettre en musique son *Attilio Regolo*, qu'il gardait en portefeuille depuis plusieurs

années. Il était donc bien nécessaire que
l'élève plaidât pour le maître, car le maître
ne plaisait nullement au poète impérial.
Métastase n'était pas Italien pour rien, et les
Italiens ne se trompent pas aisément les uns
les autres. Il avait trop de finesse et de pénétration pour ne point savoir que Porpora
avait une médiocre admiration pour son
génie dramatique, et qu'il avait censuré
plus d'une fois avec rudesse (à tort ou à raison) son caractère craintif, son égoïsme et
sa fausse sensibilité. La réserve glaciale de
Consuelo, le peu d'intérêt qu'elle semblait
prendre à sa maladie, ne lui parurent point
ce qu'ils étaient en effet, le malaise d'une respectueuse pitié. Il y vit presque une insulte,
et s'il n'eût été esclave de la politesse et du
savoir-faire, il eût refusé net de l'entendre
chanter; il y consentit pourtant après quel-

ques minauderies, alléguant l'excitation de
ses nerfs et la crainte qu'il avait d'être ému.
Il avait entendu Consuelo chanter son oratorio de *Judith;* mais il fallait qu'il prît une
idée d'elle dans le genre scénique, et Porpora
insistait beaucoup.

— Mais que faire, et comment chanter, lui
dit tout bas Consuelo, s'il faut craindre de
l'émouvoir ?

— Il faut l'émouvoir, au contraire, répondit de même le Maestro. Il aime beaucoup
à être arraché à sa torpeur, parce que,
quand il est bien agité, il se sent en veine
d'écrire.

Consuelo chanta un air d'*Achille in Sciro*,
la meilleure œuvre dramatique de Métastase,
qui avait été mise en musique par Caldara,
en 1736, et représentée aux fêtes du mariage de Marie-Thérèse. Métastase fut aussi
frappé de sa voix et de sa méthode, qu'il l'a-

vait été à la première audition ; mais il était
résolu à se renfermer dans le même silence
froid et gêné qu'elle avait gardé durant le
récit de sa maladie. Il n'y réussit point; car il
était artiste en dépit de tout, le digne homme,
et quand un noble interprète fait vibrer dans
l'âme du poëte les accents de sa muse et le
souvenir de ses triomphes, il n'est guère de
rancune qui tienne.

L'abbé Métastase essaya de se défendre
contre ce charme tout-puissant. Il toussa
beaucoup, s'agita sur son fauteuil comme
un homme distrait par la souffrance, et puis,
tout à coup reporté à des souvenirs plus
émouvants encore que ceux de sa gloire, il
cacha son visage dans son mouchoir et se
mit à sangloter. Le Porpora, caché derrière
son fauteuil, faisait signe à Consuelo de ne
pas le ménager, et se frottait les mains d'un
air malicieux.

Ces larmes, qui coulaient abondantes et sincères, réconcilièrent tout à coup la jeune fille avec le pusillanime abbé. Aussitôt qu'elle eut fini son air, elle s'approcha pour lui baiser la main et pour lui dire cette fois avec une effusion convaincante : — Hélas ! monsieur, que je serais fière et heureuse de vous avoir ému ainsi, s'il ne m'en coûtait un remords ! La crainte de vous avoir fait du mal empoisonne ma joie !

— Ah ! ma chère enfant, s'écria l'abbé tout à fait gagné, vous ne savez pas, vous ne pouvez pas savoir le bien et le mal que vous m'avez fait. Jamais jusqu'ici je n'avais entendu une voix de femme qui me rappelât celle de ma chère Marianna ! et vous me l'avez tellement rappelée, ainsi que sa manière et son expression, que j'ai cru l'entendre elle-même. Ah ! vous m'avez brisé le cœur ! Et il recommença à sangloter.

—Sa seigneurie parle d'une personne bien
illustre, et que tu dois te proposer constam-
ment pour modèle, dit le Porpora à son
élève, la célèbre et incomparable Marianna
Bulgarini.

— La *Romanina?* s'écria Consuelo; ah! je
l'ai entendue dans mon enfance à Venise;
c'est mon premier grand souvenir, et je ne
l'oublierai jamais.

— Je vois bien que vous l'avez entendue,
et qu'elle vous a laissé une impression inef-
façable, reprit le Métastase. Ah! jeune fille,
imitez-la en tout, dans son jeu comme dans
son chant, dans sa bonté comme dans sa
grandeur, dans sa puissance comme dans
son dévouement! Ah! qu'elle était belle
lorsqu'elle représentait la divine Vénus,
dans le premier opéra que je fis à Rome!
C'est à elle que je dus mon premier
triomphe.

—Et c'est à votre seigneurie qu'elle a dû ses plus beaux succès, dit le Porpora.

— Il est vrai que nous avons contribué à la fortune l'un de l'autre. Mais rien n'a pu m'acquitter assez envers elle. Jamais tant d'affection, jamais tant d'héroïque persévérance et de soins délicats n'ont habité l'âme d'une mortelle. Ange de ma vie, je te pleurerai éternellement, et je n'aspire qu'à te rejoindre! » Ici l'abbé pleura encore. Consuelo était fort émue, Porpora affecta de l'être; mais, en dépit de lui-même, sa physionomie restait ironique et dédaigneuse. Consuelo le remarqua et se promit de lui reprocher cette méfiance ou cette dureté. Quant à Métastase, il ne vit que l'effet qu'il souhaitait produire, l'attendrissement et l'admiration de la bonne Consuelo. Il était de la véritable espèce des poètes: c'est-à-dire qu'il pleurait plus volontiers devant les autres que dans le

secret de sa chambre , et qu'il ne sentait jamais si bien ses affections et ses douleurs
que quand il les racontait avec éloquence.
Entraîné par l'occasion, il fit à Consuelo le
récit de cette partie de sa jeunesse où la
Romanina a joué un si grand rôle ; les services que cette généreuse amie lui rendit , le
soin filial qu'elle prit de ses vieux parents,
le sacrifice maternel qu'elle accomplit en se
séparant de lui pour l'envoyer faire fortune
à Vienne ; et quand il en fut à la scène des
adieux , quand il eut dit , dans les termes
les plus choisis et les plus tendres, de quelle
manière sa chère Marianna , le cœur déchiré
et la poitrine gonflée de sanglots , l'avait
exhorté à l'abandonner pour ne songer qu'à
lui-même , il s'écria : — Oh ! que si elle eût
deviné l'avenir qui m'attendait loin d'elle,
que si elle eût prévu les douleurs, les com-

bats, les terreurs, les angoisses, les revers et
jusqu'à l'affreuse maladie qui devaient être
mon partage ici, elle se fût bien épargné
ainsi qu'à moi une si affreuse immolation!
Hélas! j'étais loin de croire que nous nous
faisions d'éternels adieux, et que nous
ne devions jamais nous rencontrer sur la
terre!

— Comment! vous ne vous êtes point re-
vus? dit Consuelo dont les yeux étaient baignés de larmes, car la parole du Métastase
avait un charme extraordinaire : elle n'est
point venue à Vienne?

— Elle n'y est jamais venue! répondit
l'abbé d'un air accablé.

— Après tant de dévouement, elle n'a pas
eu le courage de venir ici vous retrouver?
reprit Consuelo, à qui le Porpora faisait en
vain des yeux terribles.

Le Métastase ne répondit rien : il paraissait absorbé dans ses pensées.

— Mais elle pourrait y venir encore? poursuivit Consuelo avec candeur, et elle y viendra certainement. Cet heureux évènement vous rendra la santé.

L'abbé pâlit et fit un geste de terreur. Le maestro toussa de toute sa force, et Consuelo, se rappelant tout à coup que la Romanina était morte depuis plus de dix ans, s'aperçut de l'énorme maladresse qu'elle commettait en rappelant l'idée de la mort à cet ami, qui n'aspirait, selon lui, qu'à rejoindre sa bien-aimée dans la tombe. Elle se mordit les lèvres, et se retira bientôt avec son maître, lequel n'emportait de cette visite que de vagues promesses et force civilités, comme à l'ordinaire.

— Qu'as-tu fait, tête de linote? dit-il à Consuelo dès qu'ils furent dehors.

— Une grande sottise, je le vois bien. J'a
oublié que la Romanina ne vivait plus; mais
croyez-vous bien, maître, que cet homme
si aimant et si désolé soit attaché à la vie
autant qu'il vous plaît de le dire? Je m'ima-
gine, au contraire, que le regret d'avoir
perdu son amie est la seule cause de son
mal, et que si quelque terreur superstitieuse
lui fait redouter l'heure suprême, il n'en est
pas moins horriblement et sincèrement las
de vivre.

— Enfant! dit le Porpora, on n'est jamais
las de vivre quand on est riche, honoré,
adulé et bien portant; et quand on n'a jamais eu d'autres soucis et d'autres passions
que celles-là, on ment et on joue la comédie
quand on maudit l'existence.

— Ne dites pas qu'il n'a jamais eu d'autres
passions. Il a aimé la Marianna, et je m'ex-

plique pourquoi il a donné ce nom chéri à sa
filleule et à sa nièce Marianna Martiez...
Consuelo avait failli dire l'élève de Joseph;
mais elle s'arrêta brusquement.

— Achève, dit le Porpora, sa filleule, sa
nièce ou sa fille.

— On le dit; mais que m'importe?

— Cela prouverait, du moins, que le cher
abbé s'est consolé assez vite de l'absence de
sa bien-aimée; mais lorsque tu lui demandais (que Dieu confonde ta stupidité!) pourquoi sa chère Marianna n'était pas venue le
rejoindre ici, il ne t'a pas répondu, et je
vais répondre à sa place. La Romanina lui
avait bien, en effet, rendu les plus grands
services qu'un homme puisse accepter d'une
femme. Elle l'avait bien nourri, logé, ha-
billé, secouru, soutenu en toute occasion;
elle l'avait bien aidé à se faire nommer *poeta*

cesareo. Elle s'était bien faite la servante,
l'amie, la garde-malade, la bienfaitrice de
ses vieux parents. Tout cela est exact. La
Marianna avait un grand cœur : je l'ai beaucoup connue; mais ce qu'il y a de vrai aussi,
c'est quelle désirait ardemment se réunir à
lui, en se faisant admettre au théâtre de la
cour. Et ce qu'il y a de plus vrai encore, c'est
que monsieur l'abbé ne s'en souciait pas du
tout et ne le permit jamais. Il y avait bien
entre eux un commerce de lettres les plus
tendres du monde. Je ne doute pas que celles
du poète ne fussent des chefs-d'œuvre. On
les imprimera : il le savait bien. Mais tout en
disant à sa *dilettissima amica* qu'il soupirait
après le jour de leur réunion, et qu'il travaillait sans cesse à faire luire ce jour heureux sur leur existence, le maître renard
arrangeait les choses de manière à ce que
la malencontreuse cantatrice ne vînt pas

tomber au beau milieu de ses illustres et lu-
cratives amours avec une troisième Marianna
(car ce nom-là est une heureuse fatalité dans
sa vie), la noble et toute-puissante comtesse
d'Althan, favorite du dernier César. On dit
qu'il en est résulté un mariage secret ; je le
trouve donc fort mal venu à s'arracher les
cheveux pour cette pauvre Romanina, qu'il
a laissé mourir de chagrin, tandis qu'il faisait des madrigaux dans les bras des dames
de la cour.

— Vous commentez et vous jugez tout cela
avec un cynisme cruel, mon cher maître, reprit Consuelo attristée.

— Je parle comme tout le monde ; je
n'invente rien ; c'est la voix publique qui
affirme tout cela. Va, tous les comédiens
ne sont pas au théâtre ; c'est un vieux pro-
verbe.

— La voix publique n'est pas toujours la

plus éclairée, et, en tous cas, ce n'est jamais
la plus charitable. Tiens, maître, je ne puis
pas croire qu'un homme de ce renom et de
ce talent ne soit rien de plus qu'un comédien
en scène. Je l'ai vu pleurer des larmes véritables, et quand même il aurait à se reprocher d'avoir trop vite oublié sa première
Marianna, ses remords ne feraient qu'ajouter
à la sincérité de ses regrets d'aujourd'hui.
En tout ceci, j'aime mieux le croire faible
que lâche. On l'avait fait abbé, on le com-
blait de bienfaits; la cour était dévote; ses
amours avec une comédienne y eussent fait
grand scandale. Il n'a pas voulu précisément
trahir et tromper la Bulgarini : il a eu peur,
il a hésité, il a gagné du temps,... elle est
morte...

—Et il en a remercié la Providence, ajouta
l'impitoyable Maestro. Et maintenant notre

impératrice lui envoie des boîtes et des bagues avec son chiffre en brillants ; des plumes de lapis avec des lauriers en brillants ;
des pots en or massif remplis de tabac d'Es-
pagne, des cachets faits d'un seul gros bril-
lant, et tout cela brille si fort, que les
yeux du poète sont toujours baignés de
larmes.

— Et tout cela peut-il le consoler d'avoir
brisé le cœur de la Romanina ?

— Il se peut bien que non. Mais le désir
de ces choses l'a décidé à le faire.

— Triste vanité ! Pour moi, j'ai eu bien de
la peine à m'empêcher de rire quand il nous
a montré son chandelier d'or à chapiteau
d'or, avec la devise ingénieuse que l'impératrice y a fait graver.

— *Perchè possa risparmiare i suoi occhi !*

Voilà, en effet, qui est bien délicat et qui le

faisait s'écrier avec emphase : *Affettuosa es-pressione valutabile più assai dell' oro !* Oh ! le pauvre homme !

— O l'homme malheureux ! dit Consuelo en soupirant ; et elle rentra fort triste, car elle avait fait involontairement un rapprochement terrible entre la situation de Métastase à l'égard de Marianna et la sienne propre à l'égard d'Albert. Attendre et mourir ! se disait elle : est-ce donc là le sort de ceux qui aiment passionnément ? Faire attendre et faire mourir, est-ce donc là la destinée de ceux qui poursuivent la chimère de la gloire ?

— Qu'as-tu à rêver ainsi ? lui dit le Maestro ; il me semble que tout va bien, et que, malgré tes gaucheries, tu as conquis le Métastase.

— C'est une maigre conquête que celle

d'une âme faible, répondit-elle, et je ne crois pas que celui qui a manqué de courage pour faire admettre Marianna au théâtre impérial en retrouve un peu pour moi.

— Le Métastase, en fait d'art, gouverne désormais l'impératrice.

— Le Métastase, en fait d'art, ne conseillera jamais à l'impératrice que ce qu'elle paraîtra désirer, et on a beau parler des favoris et des conseillers de Sa Majesté... J'ai vu les traits de Marie-Thérèse, et je vous le dis, mon maître, Marie-Thérèse est trop politique pour avoir des amants, trop absolue pour avoir des amis.

— Eh bien, dit le Porpora soucieux, il faut gagner l'impératrice elle-même; il faut que tu chantes dans ses appartements un matin, et qu'elle te parle, qu'elle cause avec toi. On dit qu'elle n'aime que les personnes vertueuses. Si elle a ce regard d'aigle qu'on lui prête, elle te jugera et te préférera. Je vais tout mettre en œuvre pour qu'elle te voie en tête-à-tête.

14

Un matin, Joseph, étant occupé à frotter l'antichambre du Porpora, oublia que la cloison était mince et le sommeil du Maestro léger; il se laissa aller machinalement à fredonner une phrase musicale qui lui venait à l'esprit, et qu'accompagnait rhythmiquement

le mouvement de sa brosse sur le plancher.
Le Porpora, mécontent d'être éveillé avant
l'heure, s'agite dans son lit, essaie de se ren-
dormir, et, poursuivi par cette voix belle et
fraîche qui chante avec justesse et légèreté
une phrase fort gracieuse et fort bien faite, il
passe sa robe de chambre et va regarder par
le trou de la serrure, moitié charmé de ce
qu'il entend, moitié courroucé contre l'artiste qui vient sans façon composer chez lui
avant son lever. Mais quelle surprise ! c'est
Beppo qui chante et qui rêve, et qui poursuit
son idée tout en vaquant d'un air préoccupé
aux soins du ménage.

— Qu'est-ce que tu chantes là ? dit le Maestro d'une voix tonnante en ouvrant la porte
brusquement. Joseph, étourdi comme un
homme éveillé en sursaut, faillit jeter balai
et plumeau, et quitter la maison à toutes
jambes ; mais s'il n'avait plus, depuis long-

temps, l'espoir de devenir l'élève du Porpora,
il s'estimait encore bien heureux d'entendre
Consuelo travailler avec le maître et de recevoir les leçons de cette généreuse amie en
cachette, quand le maître était absent. Pour
rien au monde il n'eût donc voulu être chassé, et il se hâta de mentir pour éloigner les
soupçons. — Ce que je chante, dit-il tout
décontenancé ; hélas ! maître, je l'ignore.

— Chante-t-on ce qu'on ignore ? Tu mens !

— Je vous assure, maître, que je ne sais
ce que je chantais. Vous m'avez tant effrayé
que je l'ai déjà oublié. Je sais bien que j'ai
fait une grande faute de chanter auprès de
votre chambre. Je suis distrait, je me croyais
bien loin d'ici, tout seul ; je me disais : A présent tu peux chanter ; personne n'est là pour
te dire : « Tais-toi, ignorant, tu chantes faux.
Tais-toi, brute, tu n'as pas pu apprendre la
musique. »

— Qui t'a dit que tu chantais faux?

— Tout le monde.

— Et moi, je te dis, s'écria le Maestro d'un ton sévère, que tu ne chantes pas faux. Et qui a essayé de t'enseigner la musique?

— Mais... par exemple, maître Reuter, dont mon ami Keller fait la barbe, et qui m'a chassé de la leçon, disant que je ne serais jamais qu'un âne.

Joseph connaissait déjà assez les antipathies du Maestro pour savoir qu'il faisait peu de cas du Reuter, et même il avait compté sur ce dernier pour lui gagner les bonnes grâces du Porpora, la première fois qu'il essaierait de le desservir auprès de lui. Mais le Reuter, dans les rares visites qu'il avait rendues au Maestro, n'avait pas daigné reconnaître son ancien élève dans l'antichambre.

— Maître Reuter est un âne lui-même, murmura le Porpora entre ses dents ; mais il ne s'agit pas de cela, reprit-il tout haut ; je veux que tu me dises où tu as pêché cette phrase ; et il chanta celle que Joseph lui avait fait entendre dix fois de suite par mégarde.

— Ah ! cela ? dit Haydn qui commençait à mieux augurer des dispositions du maître, mais qui ne s'y fiait pas encore ; c'est quelque chose que j'ai entendu chanter à la signora.

— A la Consuelo ? A ma fille ? Je ne connais pas cela. Ah ça, tu écoutes donc aux portes ?

— Oh non, monsieur ! mais la musique, cela arrive de chambre en chambre jusqu'à la cuisine, et on l'entend malgré soi.

— Je n'aime pas à être servi par des gens qui ont tant de mémoire, et qui vont chanter

nos idées inédites dans la rue. Vous ferez
votre paquet aujourd'hui, et vous irez ce soir
chercher une autre condition.

Cet arrêt tomba comme un coup de foudre
sur le pauvre Joseph, et il alla pleurer dans
la cuisine où bientôt Consuelo vint écouter
le récit de sa mésaventure, et le rassurer en
lui promettant d'arranger ses affaires.

— Comment, maître, dit-elle au Porpora
en lui présentant son café, tu veux chasser
ce pauvre garçon, qui est laborieux et fidèle,
parce que pour la première fois de sa vie il
lui est arrivé de chanter juste!

— Je te dis que ce garçon-là est un intrigant et un menteur effronté; qu'il a été envoyé chez moi par quelque ennemi qui veut
surprendre le secret de mes compositions et
se les approprier avant qu'elles aient vu le
jour. Je gage que le drôle sait déjà par cœur
mon nouvel opéra, et qu'il copie mes ma-

nuscrits quand j'ai le dos tourné! Combien
de fois n'ai-je pas été trahi ainsi? Combien
de mes idées n'ai-je pas retrouvées dans ces
jolis opéras qui faisaient courir tout Venise,
tandis qu'on bâillait aux miens et qu'on disait : Ce vieux radoteur de Porpora nous
donne pour du neuf des motifs qui traînent
dans les carrefours! Tiens! le sot s'est trahi;
il a chanté ce matin une phrase qui n'est certainement pas d'un autre que de *meinheer*
Hasse, et que j'ai fort bien retenue; j'en
prendrai note, et, pour me venger, je la met-
trai dans mon nouvel opéra, afin de lui rendre le tour qu'il m'a joué si souvent.

— Prenez garde, maître! cette phrase-là
n'est peut-être pas inédite. Vous ne savez pas
par cœur toutes les productions contempo-
raines.

— Mais je les ai entendues, et je te dis que

c'est une phrase trop remarquable pour
qu'elle ne m'ait pas encore frappé.

— Eh bien, maître, grand merci ! je suis
fière du compliment ; car la phrase est de moi.

Consuelo mentait, la phrase en question
était bien éclose le matin même dans le cerveau d'Haydn ; mais elle avait le mot, et déjà
elle l'avait apprise par cœur, afin de n'être
pas prise au dépourvu par les méfiantes in-
vestigations du maître. Le Porpora ne man-
qua pas de la lui demander. Elle la chanta
sur-le-champ, et prétendit que la veille elle
avait essayé de mettre en musique, pour
complaire à l'abbé Métastase, les premières
strophes de sa jolie pastorale :

Giá riede la primavera
Col suo fiorito aspetto ;
Giá il grato zeffiretto
Scherza fra l'erbe e i fior.
Tornan le frondi agli alberi
L'herbette al prato tornano ;

.Sol non ritorna a me
La pace del mio cor.

— J'avais répété ma première phrase bien
des fois, ajouta-t-elle, lorsque j'ai entendu
dans l'antichambre maître Beppo qui, comme
un vrai serin des Canaries, s'égosillait à la
répéter tout de travers ; cela m'impatientait,
je l'ai prié de se taire. Mais, au bout d'une
heure, il la répétait sur l'escalier, tellement
défigurée, que cela m'a ôté l'envie de continuer mon air.

— Et d'où vient qu'il la chante si bien aujourd'hui, que s'est-il passé durant son sommeil?

— Je vais t'expliquer cela, mon maître ;
je remarquais que ce garçon avait la voix
belle et même juste, mais qu'il chantait
faux, faute d'oreille, de raisonnement et de
mémoire. Je me suis amusée à lui faire po-
ser la voix et à chanter la gamme d'après ta

méthode, pour voir si cela réussirait, même
sur une pauvre organisation musicale.

— Cela doit réussir sur toutes les organisations, s'écria le Porpora. Il n'y a point de
voix fausse, et jamais une oreille exercée....

— C'est ce que je me disais, interrompit
Consuelo, qui avait hâte d'en venir à ses fins,
et c'est ce qui est arrivé. J'ai réussi, avec le
système de ta première leçon, à faire comprendre à ce butor ce que, dans toute sa vie,
le Reuter et tous les Allemands ne lui eussent
pas fait soupçonner. Après cela, je lui ai
chanté ma phrase, et, pour la première fois,
il l'a entendue exactement. Aussitôt il a pu la
dire, et il en était si étonné, si émerveillé,
qu'il a bien pu n'en pas dormir de la nuit;
c'était pour lui comme une révélation. Oh!
mademoiselle, me disait-il, si j'avais été enseigné ainsi, j'aurais pu apprendre peut-être
aussi bien qu'un autre. Mais je vous avoue

que je n'ai jamais rien pu comprendre de ce qu'on enseignait à la maîtrise de Saint-Étienne.

— Il a donc été à la maîtrise, réellement?

— Et il en a été chassé honteusement; tu n'as qu'à parler de lui à maître Reuter! il te dira que c'est un mauvais sujet, et un sujet musical impossible à former.

— Viens çà, ici, toi! cria le Porpora à Beppo qui pleurait derrière la porte; et mets-toi près de moi : je veux voir si tu as compris la leçon que tu as reçue hier.

Alors le malicieux Maestro commença à enseigner les éléments de la musique à Joseph, de la manière diffuse, pédantesque et embrouillée qu'il attribuait ironiquement aux maîtres allemands.

Si Joseph, qui en savait trop pour ne pas comprendre ces éléments, en dépit du soin qu'il prenait pour les lui rendre obscurs, eût

laissé voir son intelligence, il était perdu.
Mais il était assez fin pour ne pas tomber
dans le piège, et il montra résolument une
stupidité qui, après une longue épreuve ten-
tée avec obstination par le maître, rassura
complètement ce dernier.

— Je vois bien que tu es fort borné, lui
dit-il en se levant et en continuant une feinte
dont les deux autres n'étaient pas dupes. Retourne à ton balai, et tâche de ne plus chanter, si tu veux rester à mon service.

Mais, au bout de deux heures, n'y pouvant
plus tenir, et se sentant aiguillonné par l'a-
mour d'un métier qu'il négligeait, après l'a-
voir exercé sans rivaux pendant si longtemps, le Porpora redevint professeur de
chant, et rappela Joseph pour le remettre
sur la sellette. Il lui expliqua les mêmes
principes, mais cette fois avec cette clarté,
cette logique puissante et profonde qui mo-

tive et classe toutes choses, en un mot, avec cette incroyable simplicité de moyens dont les hommes de génie s'avisent seuls.

Cette fois, Haydn comprit qu'il pouvait avoir l'air de comprendre; et Porpora fut enchanté de son triomphe. Quoique le maître lui enseignât des choses qu'il avait longtemps étudiées et qu'il savait aussi bien que possible, cette leçon eut pour lui un puissant intérêt et une utilité bien certaine : il y apprit à enseigner; et comme aux heures où le Porpora ne l'employait pas, il allait encore donner quelques leçons en ville pour ne pas perdre sa mince clientèle, il se promit de mettre à profit, sans tarder, cette excellente démonstration.

— A la bonne heure, monsieur le professeur! dit-il au Porpora en continuant à jouer la niaiserie à la fin de la leçon; j'aime mieux cette musique-là que l'autre, et je crois que

je pourrais l'apprendre; mais quant à celle
de ce matin, j'aimerais mieux retourner à
la maîtrise que d'essayer d'y mordre.

— Et c'est pourtant la même qu'on t'enseignait à la maîtrise. Est-ce qu'il y a deux
musiques, bénêt! Il n'y a qu'une musique,
comme il n'y a qu'un Dieu.

— Oh! je vous demande bien pardon,
monsieur! il y a la musique de maître Reuter, qui m'ennuie, et la vôtre, qui ne m'ennuie pas.

— C'est bien de l'honneur pour moi, seigneur Beppo, dit en riant le Porpora à qui
le compliment ne déplut point.

A partir de ce jour, Haydn reçut les leçons
du Porpora, et bientôt ils arrivèrent aux études du chant italien et aux idées mères de la
composition lyrique; c'était ce que le noble
jeune homme avait souhaité avec tant d'ar-
deur et poursuivi avec tant de courage. Il fit

de si rapides progrès, que le maître était à
la fois charmé, surpris, et parfois effrayé.
Lorsque Consuelo voyait ses anciennes mé-
fiances prêtes à renaître, elle dictait à son
jeune ami la conduite qu'il fallait tenir pour
les dissiper. Un peu de résistance, une préoccupation feinte étaient parfois nécessaires
pour que le génie et la passion de l'enseignement se réveillassent chez le Porpora, ainsi
qu'il arrive toujours à l'exercice des hautes
facultés, qu'un peu d'obstacle et de lutte
rendent plus énergique et plus puissant. Il
arriva souvent à Joseph d'être forcé de jouer
la langueur et le dépit pour obtenir, en feignant de s'y traîner à regret, ces précieuses
leçons, qu'il tremblait de voir négliger. Le
plaisir de contrarier et le besoin de dompter
émoustillaient alors l'âme taquine et guer-
royante du vieux professeur; et jamais Beppo
ne reçut de meilleures notions que celles dont

la déduction fut arrachée, claire, éloquente
et chaude, à l'emportement et à l'ironie du
maître.

Pendant que l'intérieur du Porpora était
le théâtre de ces évènements si frivoles en
apparence, et dont les résultats pourtant
jouèrent un si grand rôle dans l'histoire de
l'art, puisque le génie d'un des plus féconds
et des plus célèbres compositeurs du siècle
dernier y reçut son développement et sa sanction, des évènements d'une influence plus
immédiate sur le roman de la vie de Consuelo
se passaient au dehors. La Corilla, plus ac-
tive pour discuter ses propres intérêts, plus
habile à les faire prévaloir, gagnait chaque
jour du terrain, et déjà, parfaitement remise
de ses couches, négociait les conditions de
son engagement au théâtre de la cour. Virtuose robuste et médiocre musicienne, elle
plaisait beaucoup mieux que Consuelo à

monsieur le directeur et à sa femme. On sentait bien que la savante Porporina jugerait de haut, ne fût-ce que dans le secret de ses pensées, les opéras de maître Holzbaüer et le talent de madame son épouse. On savait bien que les grands artistes, mal secondés et réduits à rendre de pauvres idées, ne conservent pas toujours, accablés qu'ils sont de cette violence faite à leur goût et à leur conscience, cet entrain routinier, cette verve confiante que les médiocrités portent cavalièrement dans la représentation des plus mauvais ouvrages, et à travers la douloureuse cacophonie des œuvres mal étudiées et mal comprises par leurs camarades.

Lors même que, grâce à des miracles de volonté et de puissance, ils parviennent à triompher de leur rôle et de leur entourage, cet entourage envieux ne leur en sait point

gré ; le compositeur devine leur souffance
intérieure, et tremble sans cesse de voir cette
inspiration factice se refroidir tout à coup et
compromettre son succès; le public lui-
même, étonné et troublé sans savoir pourquoi, devine cette anomalie monstrueuse d'un
génie asservi à une idée vulgaire, se débat-
tant dans les liens étroits dont il s'est laissé
charger, et c'est presqu'en soupirant qu'il
applaudit à ses vaillants efforts. M. Holzbaüer
se rendait fort bien compte, quant à lui, du peu
de goût que Consuelo avait pour sa musique.
Elle avait eu le malheur de le lui montrer, un
jour que, déguisée en garçon et croyant
avoir affaire à une de ces figures qu'on
aborde en voyage pour la première et la
dernière fois de sa vie, elle avait parlé franchement, sans se douter que bientôt sa
destinée d'artiste allait être pour quelque
temps à la merci de l'inconnu, ami du cha-

noine. Holzbaüer ne l'avait point oublié, et,
piqué jusqu'au fond de l'âme, sous un air
calme, discret et courtois, il s'était juré de
lui fermer le chemin. Mais comme il ne voulait point que le Porpora et son élève, et ce
qu'il appelait leur coterie, pussent l'accuser
d'une vengeance mesquine et d'une lâche
susceptibilité, il n'avait raconté qu'à sa
femme sa rencontre avec Consuelo et l'a-
venture du déjeûner au presbytère. Cette
rencontre paraissait donc n'avoir nullement
frappé M. le directeur; il semblait avoir oublié les traits du petit Bertoni, et ne pas se
douter le moins du monde que ce chanteur
ambulant et la Porporina fussent un seul et
même personnage. Consuelo se perdait en
commentaires sur la conduite de Holzbaüer
à son égard. — J'étais donc bien parfaitement déguisée en voyage, disait-elle en confidence à Beppo, et l'arrangement de mes

cheveux changeait donc bien ma physionomie, pour que cet homme, qui me regardait
là-bas avec des yeux si clairs et si perçants,
ne me reconnaisse pas du tout ici? — Le
comte Hoditz ne vous a pas reconnue non
plus la première fois qu'il vous a revue chez
l'ambassadeur, reprenait Joseph, et peut-
être que s'il n'eût pas reçu votre billet, il ne
vous eût jamais reconnue. — Bien! mais le
comte Hoditz a une manière vague et non-
chalamment superbe de regarder les gens,
qui fait qu'il ne voit réellement point. Je suis
sûre qu'il n'eût point pressenti mon sexe, à
Passaw, si le baron de Trenk ne l'en eût
avisé; au lieu que le Holzbaüer, dès qu'il
m'a revue ici, et chaque fois qu'il me rencontre, me regarde avec ces mêmes yeux
attentifs et curieux que je lui ai trouvés au
presbytère. Pour quel motif me garde-t-il
généreusement le secret sur une folle aven-

ture qui pourrait avoir pour ma réputation
des suites fâcheuses s'il voulait l'interpréter
à mal, et qui pourrait même me brouiller
avec mon maître, puisqu'il croit que je suis
venue à Vienne sans détresse, sans encom-
bre et sans incidents romanesques, tandis
que ce même Holzbaüer, dénigre sous main
ma voix et ma méthode, et me dessert le
plus possible pour n'être point forcé à m'engager? Il me hait et me repousse, et, ayant
dans la main de plus fortes armes contre
moi, il n'en fait point usage! Je m'y
perds !

Le mot de cette énigme fut bientôt révélé
à Consuelo; mais avant de lire ce qui lui
arriva, il faut qu'on se rappelle qu'une nom-
breuse et puissante coterie travaillait contre
elle; que la Corilla était belle et galante; que
le grand ministre Kaunitz la voyait souvent ;
qu'il aimait à se mêler au tripotage de cou-

lisses, et que Marie-Thérèse, pour se délas-
ser de ses graves travaux, s'amusait à le
faire babiller sur ces matières, raillant intérieurement les petitesses de ce grand esprit,
et prenant pour son compte un certain plaisir à ces commérages, qui lui montraient en
petit, mais avec une franche effronterie,
un spectacle analogue à celui que présen-
taient à cette époque les trois plus importan-
tes cours de l'Europe, gouvernées par des
intrigues de femmes : la sienne, celle de la
czarine et celle de madame de Pompadour.

15

On sait que Marie-Thérèse donnait au-
dience une fois par semaine à quiconque
voulait lui parler; coutume paternellement
hypocrite que son fils Joseph II observa toujours religieusement, et qui est encore en
vigueur à la cour d'Autriche. En outre, Ma-

rie-Thérèse accordait facilement des au-
diences particulières à ceux qui voulaient
entrer à son service, et jamais souveraine ne
fut plus aisée à aborder.

Le Porpora avait enfin obtenu cette au-
dience musicale, où l'impératrice, voyant de
près l'honnête figure de Consuelo, pourrait
peut-être prendre quelque sympathie mar-
quée pour elle. Du moins le Maestro l'espérait.
Connaissant les exigences de Sa Majesté à l'endroit des bonnes mœurs et de la tenue décente, il se disait qu'elle serait frappée, à
coup sûr, de l'air de candeur et de modestie
qui brillait dans toute la personne de son
élève. On les introduisit dans un des petits
salons du palais, où l'on avait transporté un
clavecin, et où l'impératrice arriva au bout
d'une demi-heure. Elle venait de recevoir des
personnages d'importance, et elle était encore
en costume de représentation, telle qu'on la

voit sur les sequins d'or frappés à son efffi-
gie, en robe de brocart, manteau impérial,
la couronne en tête, et un petit sabre hon-
grois au côté. Elle était vraiment belle ainsi,
non imposante et d'une noblesse idéale,
comme ses courtisans affectaient de la dé-
peindre; mais fraîche, enjouée, la physionomie ouverte et heureuse, l'air confiant et
entreprenant. C'était bien *le roi* Marie-Thérèse que les magnats de Hongrie avaient
proclamé, le sabre au poing, dans un jour
d'enthousiasme; mais c'était, au premier
abord, un bon roi plutôt qu'un grand roi.
Elle n'avait point de coquetterie, et la familiarité de ses manières annonçait une âme
calme et dépourvue d'astuce féminine. Quand
on la regardait longtemps, et surtout lorsqu'elle vous interrogeait avec insistance, on
voyait de la finesse et même de la ruse
froide dans cette physionomie si riante et si

affable. Mais c'était de la ruse masculine, de
la ruse impériale si l'on veut ; jamais de la
galanterie.

— Vous me ferez entendre votre élève
tout à l'heure, dit-elle au Porpora ; je sais
déjà qu'elle a un grand savoir, une voix
magnifique, et je n'ai pas oublié le plaisir
qu'elle m'a fait dans l'oratorio de *Betulia
liberata*. Mais je veux d'abord causer un
peu avec elle en particulier. J'ai plusieurs
questions à lui faire, et, comme je compte sur
sa franchise, j'ai bon espoir de lui pouvoir
accorder la protection qu'elle me de—
mande.

Le Porpora se hâta de sortir, lisant dans
les yeux de Sa Majesté qu'elle désirait
être tout à fait seule avec Consuelo. Il
se retira dans une galerie voisine, où il eut
grand froid ; car la cour, ruinée par les dépenses de la guerre, était gouvernée avec

beaucoup d'économie, et le caractère de
Marie-Thérèse secondait assez à cet égard
les nécessités de sa position.

En se voyant tête à tête avec la fille et la
mère des Césars, l'héroïne de la Germanie, et la
plus grande femme qu'il y eût alors en Europe,
Consuelo ne se sentit pourtant ni troublée, ni
intimidée. Soit que son insouciance d'artiste
la rendît indifférente à cette pompe armée
qui brillait autour de Marie-Thérèse et jusque sur son costume, soit que son âme noble
et franche se sentît à la hauteur de toutes
les grandeurs morales, elle attendit dans
une attitude calme et dans une grande sérénité d'esprit qu'il plût à Sa Majesté de l'interroger.

L'impératrice s'assit sur un sofa, tirailla
un peu son baudrier couvert de pierreries,
qui gênait et blessait son épaule ronde et
blanche, et commença ainsi :

— Je te répète, mon enfant, que je fais
grand cas de ton talent, et que je ne mets
pas en doute tes bonnes études et l'intelligence que tu as de ton métier ; mais on doit
t'avoir dit qu'à mes yeux le talent n'est rien
sans la bonne conduite, et que je fais plus de
cas d'un cœur pur et pieux que d'un grand
génie.

Consuelo, debout, écouta respectueusement cet exorde ; mais il ne lui sembla pas
que ce fût une provocation à faire l'éloge
d'elle-même ; et comme elle éprouvait d'ailleurs une mortelle répugnance à se vanter
des vertus qu'elle pratiquait si simplement,
elle attendit en silence que l'impératrice
l'interrogeât d'une manière plus directe sur ses
principes et ses résolutions. C'était pourtant
bien le moment d'adresser à la souveraine un
madrigal bien tourné sur sa piété angélique,
sur ses vertus sublimes et sur l'impossibilité

de se mal conduire quand on avait son exemple sous les yeux. La pauvre Consuelo n'eut pas seulement l'idée de mettre l'occasion à profit. Les âmes délicates craindraient d'insulter à un grand caractère en lui donnant des louanges banales ; mais les souverains, s'ils ne sont pas dupes de cet encens grossier, ont du moins une telle habitude de le respirer, qu'ils l'exigent comme un simple acte de soumission et d'étiquette. Marie-Thérèse fut étonnée du silence de la jeune fille, et, prenant un ton moins doux et un air moins encourageant, elle continua : — Or, je sais, ma chère petite, que vous avez une conduite assez légère, et que, n'étant pas mariée, vous vivez ici dans une étrange intimité avec un jeune homme de votre profession dont je ne me rappelle pas le nom en ce moment.

— Je ne puis répondre à Votre Majesté Impériale qu'une seule chose, dit enfin Con-

suelo animée par l'injustice de cette brusque accusation ; c'est que je n'ai jamais
commis une seule faute dont le souvenir
m'empêche de soutenir le regard de Votre Majesté avec un doux orgueil et une joie recon-
naissante.

Marie-Thérèse fut frappée de l'expression
fière et forte que la physionomie de Consuelo
prit en cet instant. Cinq ou six ans plus tôt,
elle l'eût sans doute remarquée avec plaisir
et sympathie ; mais déjà Marie-Thérèse était
reine jusqu'au fond de l'âme, et l'exercice de
sa force lui avait donné cette sorte d'enivre-
ment réfléchi qui fait qu'on veut tout plier
et tout briser devant soi. Marie-Thérèse voulait être le seul être fort qui respirât dans ses
États, et comme souveraine et comme femme. Elle fut donc choquée du sourire fier et
du regard franc de cette enfant qui n'était
qu'un vermisseau devant elle, et dont elle

croyait pouvoir s'amuser un instant comme
d'un esclave qu'on fait causer par curiosité.

— Je vous ai demandé, Mademoiselle, le
nom de ce jeune homme qui demeure avec
vous chez maître Porpora, reprit-elle d'un
ton glacial , et vous ne me l'avez point dit.

— Son nom est Joseph Haydn, répondit
Consuelo sans s'émouvoir.

— Eh bien, il est rentré, par inclination
pour vous, au service de maître Porpora en
qualité de valet de chambre, et maître Porpora ignore les vrais motifs de la conduite de
ce jeune homme, tandis que vous les encou-
ragez, vous qui ne les ignorez point.

— On m'a calomniée auprès de Votre Majesté ; ce jeune homme n'a jamais eu d'inclination pour moi (Consuelo croyait dire la vérité) , et je sais même que ses affections sont
ailleurs. S'il y a eu une petite tromperie en-

vers mon respectable maître, les motifs en
sont innocents et peut-être estimables. L'a-
mour de l'art a pu seul décider Joseph Haydn
à se mettre au service du Porpora ; et puisque Votre Majesté daigne peser la conduite
de ses moindres sujets, comme je crois impossible que rien échappe à son équité clairvoyante, je suis certaine qu'elle rendra justice à ma sincérité dès qu'elle voudra descendre jusqu'à examiner ma cause.

Marie-Thérèse était trop pénétrante pour
ne pas reconnaître l'accent de la vérité. Elle
n'avait pas encore perdu tout l'héroïsme de
sa jeunesse, bien qu'elle fût en train de descendre cette pente fatale du pouvoir absolu,
qui éteint peu à peu la foi dans les âmes les
plus généreuses. — Jeune fille, je vous crois
vraie et je vous trouve l'air chaste ; mais je
démêle en vous un grand orgueil, et une

méfiance de ma bonté maternelle qui me fait craindre de ne pouvoir rien pour vous.

— Si c'est à la bonté maternelle de Marie-Thérèse que j'ai affaire, répondit Consuelo attendrie par cette expression dont la pauvrette, hélas ! ne connaissait pas l'extension banale, me voici prête à m'agenouiller devant elle et à l'implorer : mais si c'est...

— Achevez, mon enfant, dit Marie-Thérèse, qui, sans trop s'en rendre compte, eût voulu mettre à ses genoux cette personne étrange : dites toute votre pensée.

— Si c'est à la justice impériale de Votre Majesté, n'ayant rien à confesser, comme une haleine pure ne souille pas l'air que les dieux même respirent, je me sens tout l'orgueil nécessaire pour être digne de sa protection.

— Porporina, dit l'impératrice, vous êtes une fille d'esprit, et votre originalité, dont une autre s'offenserait, ne vous messied pas auprès de moi. Je vous l'ai dit, je vous crois franche, et cependant je sais que vous avez quelque chose à me confesser. Pourquoi hésitez-vous à le faire? Vous aimez Joseph Haydn, votre liaison est pure, je n'en veux pas douter. Mais vous l'aimez, puisque, pour le seul charme de le voir plus souvent (supposons même que ce soit pour la seule sollicitude de ses progrès en musique avec le Porpora), vous exposez intrépide m ent votre réputation, qui est la chose la plus sacrée, la plus importante de notre vie de femme. Mais vous craignez peut-être que votre maître, votre père adopif, ne consen te pas à votre union avec un artiste pauvre et obscur. Peut-être aussi, car je veux croire à toutes vos

assertions, le jeune homme aime-t-il ailleurs ;
et vous fière, comme je vois bien que vous
l'êtes, vous cachez votre inclination, et vous
sacrifiez généreusement votre bonne renom-
mée, sans retirer de ce dévouement aucune
satisfaction personnelle. Eh bien, ma chère
petite, à votre place, si j'avais l'occasion qui
se présente en cet instant, et qui ne se
présentera peut-être plus, j'ouvrirais mon
cœur à ma souveraine, et je lui dirais : « Vous
qui pouvez tout, et qui voulez le bien, je vous
confie ma destinée, levez tous les obstacles.
D'un mot vous pouvez changer les dispositions de mon tuteur et celles de mon amant.
Vous pouvez me rendre heureuse, me réhabiliter dans l'estime publique, et me mettre
dans une position assez honorable pour que
j'ose prétendre à entrer au service de la
cour. » Voilà la confiance que vous de-

viez avoir dans l'intérêt maternel de Marie-
Thérèse, et je suis fâchée que vous ne l'ayez
pas compris.

— Je comprends fort bien, dit Consuelo en
elle-même, que par un caprice bizarre, par
un despotisme d'enfant gâté, tu veux, grande
reine, que la Zingarella embrasse tes genoux,
parce qu'il te semble que ses genoux sont
raides devant toi, et que c'est pour toi un
phénomène inobservé. Eh bien, tu n'auras
pas cet amusement-là, à moins de me
bien prouver que tu mérites mon hommage.

Elle avait fait rapidement ces réflexions
et d'autres encore pendant que Marie-Thérèse la sermonnait. Elle s'était dit qu'elle
jouait en cet instant la fortune du Porpora
sur un coup de dé, sur une fantaisie de l'impératrice, et que l'avenir de son maître va-
lait bien la peine qu'elle s'humiliât un peu.

Mais elle ne voulait pas s'humilier en vain. Elle ne voulait pas jouer la comédie avec une tête couronnée qui en savait certainement autant qu'elle sur ce chapitre-là. Elle attendait que Marie-Thérèse se fît véritablement grande à ses yeux, afin qu'elle même pût se montrer sincère en se prosternant.

Quand l'impératrice eut fini son homélie, Consuelo répondit : — Je répondrai à tout ce que Votre Majesté a daigné me dire, si elle veut bien me l'ordonner.

— Oui, parlez, parlez! dit l'impératrice dépitée de cette contenance impassible.

— Je dirai donc à Votre Majesté que, pour la première fois de ma vie, j'apprends, de sa bouche impériale, que ma réputation est compromise par la présence de Joseph Haydn dans la maison de mon maître. Je me croyais trop peu de chose pour attirer sur moi les arrêts de l'opinion publique ; et si l'on m'eût dit, lorsque je me rendais au palais impérial, que l'impératrice elle-même jugeait et blâmait ma situation, j'aurais cru faire un rêve.

Marie-Thérèse l'interrompit, elle crut trouver de l'ironie dans cette réflexion de Consuelo. — Il ne faut pas vous étonner, dit-elle d'un ton un peu emphatique, que je m'occupe des détails les plus minutieux de la vie des êtres dont j'ai la responsabilité devant Dieu.

— On peut s'étonner de ce qu'on admire, répondit adroitement Consuelo ; et si les grandes choses sont les plus simples, elles sont du moins assez rares pour nous surprendre au premier abord.

— Il faut que vous compreniez, en outre, reprit l'impératrice, le soin particulier qui me préoccupe à votre égard, et à l'égard de tous les artistes dont j'aime à orner ma cour.

Le théâtre est, en tout pays, une école de scandale, un abîme de turpitudes. J'ai la prétention, louable certainement, sinon réalisable, de réhabiliter devant les hommes, et de purifier devant Dieu la classe des comédiens, objet des mépris aveugles et même des proscriptions religieuses de plusieurs nations. Tandis qu'en France, l'Église leur ferme ses portes, je veux, moi, que l'Église leur ouvre son sein. Je n'ai jamais admis, soit à mon théâtre italien, soit pour ma comédie française, soit encore à mon théâtre national, que des gens d'une moralité éprouvée, ou bien des personnes résolues de bonne foi à réformer leur conduite. Vous devez savoir que je marie mes comédiens, et que je tiens même leurs enfants sur les fonts de baptême, résolue à encourager par toutes les faveurs possibles la légitimité des naissances, et la fidélité des époux.

— Si nous avions su cela, pensa Consuelo,
nous aurions prié Sa Majesté d'être la marraine d'Angèle à ma place. — Votre Majesté
sème pour recueillir, reprit-elle tout haut ;
et si j'avais une faute sur la conscience, je
serais bien heureuse de trouver en elle un
confesseur aussi miséricordieux que Dieu
même. Mais...

— Continuez ce que vous vouliez dire
tout à l'heure, répondit Marie-Thérèse avec
hauteur.

— Je disais, repartit Consuelo, qu'ignorant le blâme déversé sur moi à propos du
séjour de Joseph Haydn dans la maison que
j'habite, je n'avais pas fait un grand effort
de dévouement envers lui en m'y expo-
sant.

— J'entends, dit l'impératrice, vous niez
tout !

— Comment pourrais-je confesser le men-

songe? reprit Consuelo, je n'ai ni inclination pour l'élève de mon maître, ni désir
aucun de l'épouser; et s'il en était autrement, pensa-t-elle, je ne voudrais pas accepter son cœur par décret impérial.

— Ainsi vous voulez rester fille? dit l'impératrice en se levant. Eh bien, je vous déclare que c'est une position qui n'offre pas à
ma sécurité sur le chapitre de l'honneur,
toutes les garanties désirables. Il est incon-
venant d'ailleurs qu'une jeune personne pa-
raisse dans certains rôles, et représente certaines passions quand elle n'a pas la sanction
du mariage et la protection d'un époux. Il
ne tenait qu'à vous de l'emporter dans mon
esprit sur votre concurrente, madame Corilla, dont on m'avait dit pourtant beaucoup
de bien, mais qui ne prononce pas l'italien à
beaucoup près aussi bien que vous. Mais madame Corilla est mariée et mère de famille,

ce qui la place dans des conditions plus recommandables à mes yeux que celles où
vous vous obstinez à rester.

— Mariée! ne put s'empêcher de murmu-
rer entre ses dents la pauvre Consuelo, bouleversée de voir quelle personne vertueuse,
la très vertueuse et très clairvoyante impératrice lui préférait.

— Oui, mariée, répondit l'impératrice
d'un ton absolu et courroucée déjà de ce
doute émis sur le compte de sa protégée.
Elle a donné le jour dernièrement à un enfant qu'elle a mis entre les mains d'un respectable et laborieux ecclésiastique, M. le
chanoine***, afin qu'il lui donnât une éducation chrétienne; et, sans aucun doute, ce
digne personnage ne se serait point chargé
d'un tel fardeau, s'il n'eût reconnu que la
mère avait droit à toute son estime.

— Je n'en fais aucun doute non plus, répondit la jeune fille, consolée, au milieu de son indignation, de voir que le chanoine était approuvé, au lieu d'être censuré pour cette adoption qu'elle lui avait elle-même arrachée.

« C'est ainsi qu'on écrit l'histoire, et c'est ainsi qu'on éclaire les rois, se dit-elle lorsque l'impératrice fut sortie de l'appartement d'un grand air, et en lui faisant, pour salut, un léger signe de tête. » Allons ! au fond des plus mauvaises choses, il se fait toujours quelque bien ; et les erreurs des hommes ont parfois un bon résultat. On n'enlèvera pas au chanoine son bon prieuré ; on n'enlèvera pas à Angèle son bon chanoine ; la Corilla se convertira, si l'impératrice s'en mêle ; et moi, je ne me suis pas mise à genoux devant une femme qui ne vaut pas mieux que moi.

— Eh bien! s'écria d'une voix étouffée le
Porpora, qui l'attendait dans la galerie en
grelottant et en se tordant les mains d'in-
quiétude et d'espérance ; j'espère que nous
l'emportons !

— Nous échouons au contraire, mon bon
maître.

— Avec quel calme tu dis cela ! Que le
diable t'emporte !

— Il ne faut pas dire cela ici, maître! Le
diable est fort mal vu à la cour. Quand nous
aurons franchi la dernière porte du palais,
je vous dirai tout.

— Eh bien! qu'est-ce? reprit le Porpora
avec impatience lorsqu'ils furent sur le rempart.

— Souvenez-vous, maître, répondit Consuelo , ce que nous avons dit du grand ministre Kaunitz, en sortant de chez la margrave.

— Nous avons dit que c'était une vieille commère. Eh bien ! il nous a desservis ?

— Sans aucun doute ; et je vous dis maintenant : Sa Majesté l'impératrice, reine de Hongrie, est aussi une commère.

FIN DU SIXIÈME VOLUME.

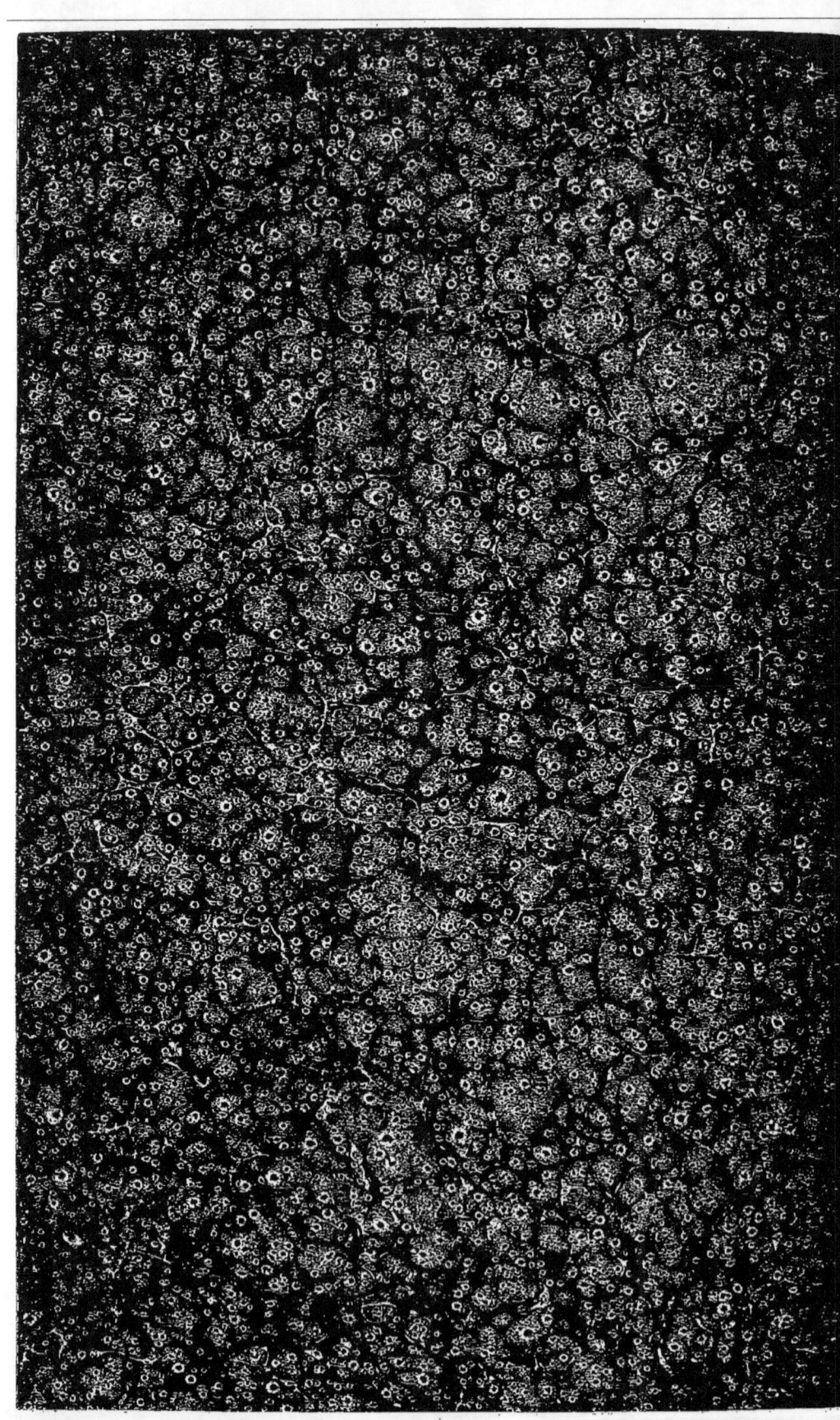

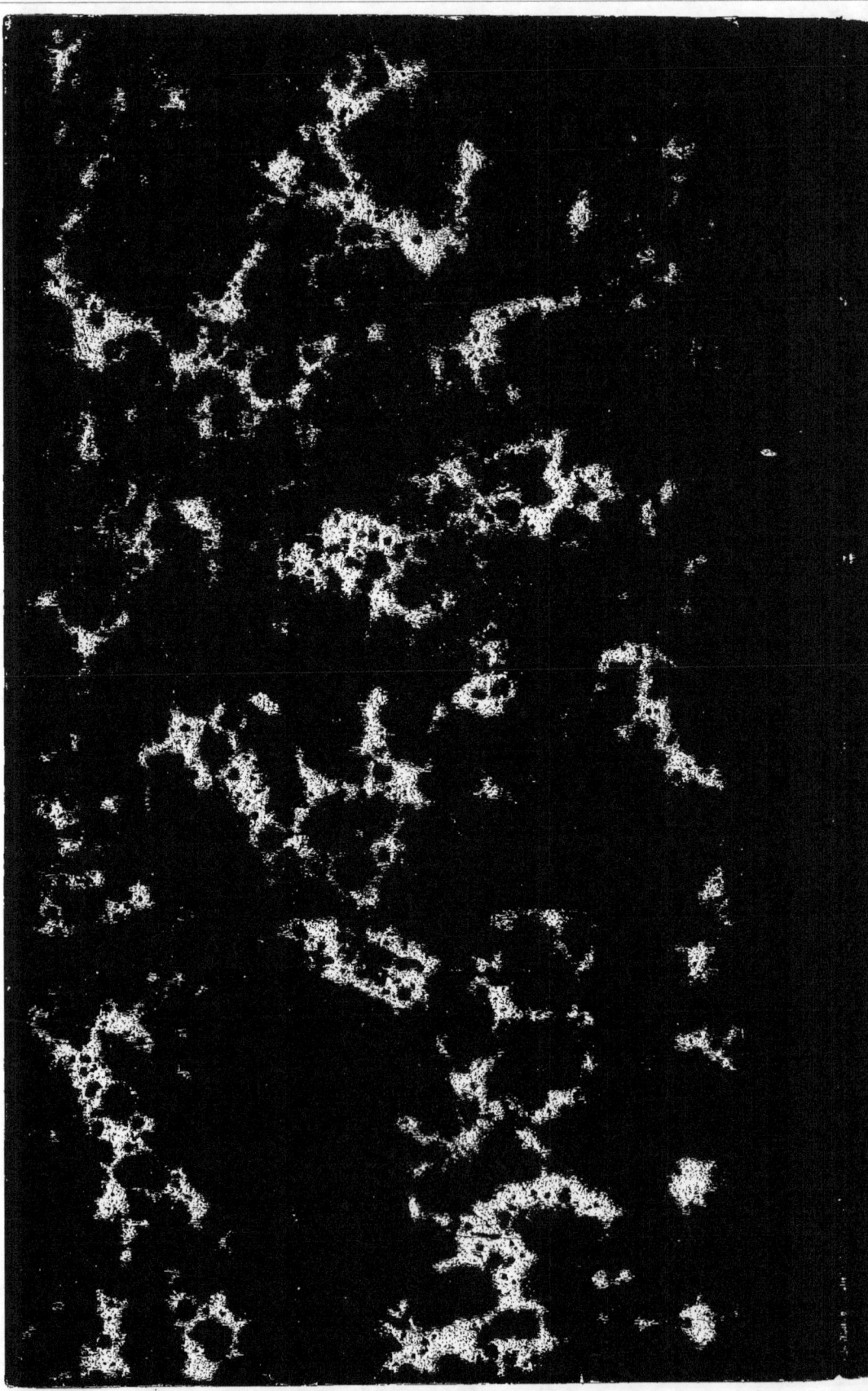

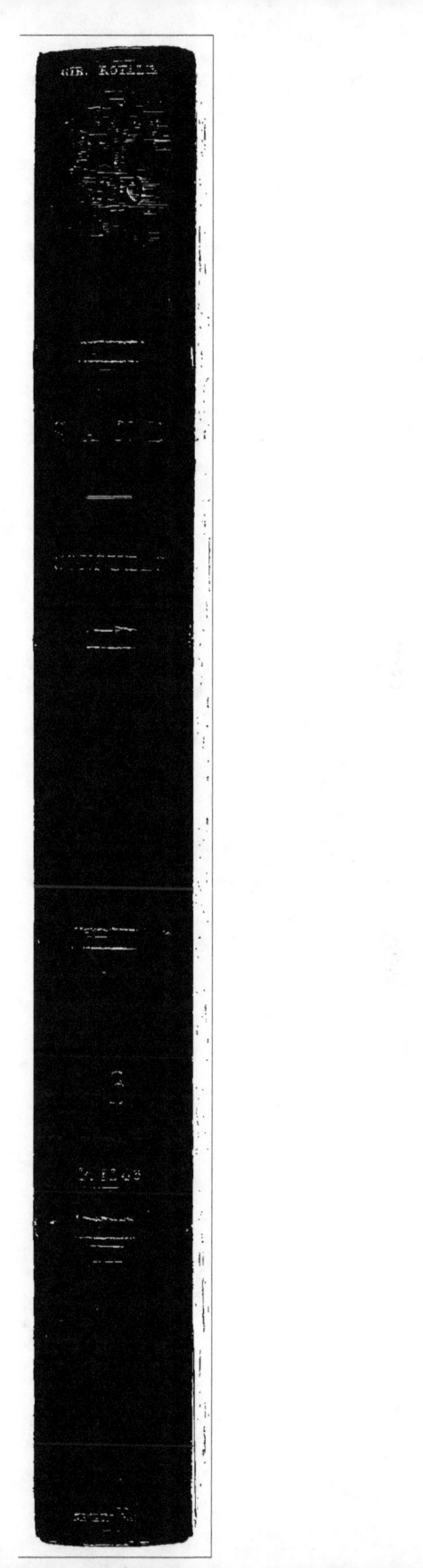

www.ingramcontent.com/pod-product-compliance
Lightning Source LLC
Chambersburg PA
CBHW050307030726
47505CB00003B/601